PARCOURS DE LECTURE

Collection dirigée par Alain Boissinot

BOULE DE SUIF

Guy de Maupassant

par ***Michèle Gellereau***

BERTRAND-LACOSTE
36 rue Saint-Germain-l'Auxerrois-75001 PARIS

SOMMAIRE

Les références au texte de *Boule de Suif*
renvoient à l'édition du Livre de Poche, n° 650.

Avant-propos

Ce « Parcours de lecture » sur *Boule de Suif* est fondé sur l'hypothèse que tout texte littéraire, qu'il prenne la forme d'un essai ou d'un récit, est l'expression d'une opinion sur des événements, des situations ou des traits de caractère. À travers un texte, aussi objectif que l'auteur le prétende, celui-ci impose ou propose une vision du monde et de l'humanité qui lui est propre. Or, si l'on invite souvent les élèves ou les étudiants à chercher le sens d'un discours dans un texte polémique, il n'est pas habituel de le faire à propos d'un texte narratif. Cette démarche permet pourtant de découvrir dans la narration une autre manière de défendre un point de vue. Apprendre à « décoder » un discours idéologique (celui des personnages ou de l'auteur), à travers le choix du vocabulaire ou de la structure d'un récit, n'exclut en rien l'analyse du style et incite au contraire à lier l'étude de la langue et du discours à celle de la littérature.

C'est la raison pour laquelle ce « Parcours de lecture » est délibérément centré sur l'*argumentation* :

– argumentation des personnages, dans une mise en scène qui reprend de manière stylisée les structures familières du discours argumentatif ; on peut ainsi élargir une étude classique de l'argumentation en tenant compte de la stratégie et des interactions, particulièrement riches sur le plan des rapports de forces psychologiques et sociaux ;

– argumentation, plus subtile, du narrateur envers le lecteur qui oriente la lecture de celui-ci (un chapitre est consacré au rapport narrateur/lecteur et à ses implications).

Par ailleurs, loin d'imposer un sens de l'œuvre, cet ouvrage souhaite encourager à une lecture personnelle, organisée autour d'un thème ou d'une hypothèse, pour dégager d'autres sens du texte.

I. UNE NOUVELLE RÉALISTE

Boule de Suif paraît en 1880 dans *Les Soirées de Médan*, recueil collectif d'écrivains dont plusieurs, partisans du naturalisme, sont regroupés autour d'Émile Zola. Cette œuvre marque le début de la réussite littéraire de Maupassant, qui publie six romans et trois cents nouvelles entre 1880 et 1891. Un grand nombre de ses productions littéraires sont des récits réalistes, comme *Boule de Suif*. Nous commencerons cette étude par la définition de ces termes, et nous en étudierons les caractéristiques dans l'œuvre.

Une nouvelle

La nouvelle est une forme littéraire à la mode au XIXe siècle, et Maupassant est particulièrement fécond dans ce genre. Il n'y a pas toujours de démarcation nette entre le roman, le conte et la nouvelle : certaines nouvelles longues ressemblent à de courts romans ; les termes de conte et de nouvelle s'emploient parfois pour les mêmes œuvres. La nouvelle présente toutefois certaines caractéristiques qui lui confèrent son originalité.

Repères

QU'EST-CE QU'UNE NOUVELLE ?

La nouvelle est un récit de fiction défini par quelques règles, assez stables au fil des siècles :

– la *brièveté* : la longeur peut être variable mais reste généralement inférieure à celle du roman ;

– l'*histoire* : l'action est rapide, centrée sur un noyau (crise, événement extraordinaire, effet psychologique) autour duquel s'organise la structure du récit. Les faits racontés sont en général présentés comme vraisemblables ;

– les *personnages* : souvent décrits à un moment de leur vie, leur portrait est réduit à quelques traits significatifs ; leur comportement est surtout étudié face à l'événement ;

– la *recherche d'un sujet ou d'une narration originaux* : il faut, en peu de pages, impressionner le lecteur ;

– le *décor* : organisé autour de l'événement central, il se limite souvent aux renseignements utiles pour comprendre le déroulement du récit ou pour s'imprégner d'une ambiance ;

–l'*interprétation* : fréquemment, l'auteur veut inciter le lecteur à réfléchir.

La nouvelle est ainsi essentiellement un récit court et concentré. Le principe est qu'elle puisse être lue en une seule fois, sans interruption, en évitant que l'effet ne se dissolve dans le temps.

Boule de Suif répond aux critères de la nouvelle à plusieurs égards :

– un *récit court* : même s'il ne s'agit pas d'un des plus courts de Maupassant, le récit est relativement bref ; avec une cinquantaine de pages, on peut le lire en une seule fois;

– une *histoire centrée sur un événement* : le sacrifice de Boule de Suif est le sujet autour duquel tourne toute la narration ; la structure du récit est organisée en fonction de cet épisode qui dure cinq jours ; l'auteur commence l'histoire à un moment précis de la vie des personnages (le départ pour Dieppe) et s'arrête quelques jours plus tard ; on ne suit pas les personnages en dehors de cet événement ;

– des *personnages caricaturaux* : relativement nombreux pour une nouvelle, ils n'ont pas une grande profondeur psychologique et leur vie n'est pas racontée ; les renseignements donnés et les descriptions ont toujours une utilité par rapport à l'événement. C'est plutôt leur comportement qui est mis en évidence. Ainsi, les portraits de femmes dans la diligence se font principalement par référence au personnage de Boule de Suif (p.24-25) ;

– le *décor est posé en fonction de l'incident* : la Normandie sous l'occupation prussienne, l'auberge, la diligence, sont des mondes clos où la tension est grande ;

– la *recherche d'une histoire qui touche le lecteur* : Maupassant met en scène la lâcheté et le sacrifice d'autrui en accentuant l'hypocrisie d'un monde en déroute ;

– la *volonté de faire réfléchir le lecteur* : si le récit peut paraître objectif et descriptif, il est cependant truffé de remarques qui nous incitent à méditer sur l'effondrement des valeurs.

❑ Le réalisme

Lié à Gustave Flaubert, dont il est le disciple, et à Émile Zola, Guy de Maupassant fait partie du courant réaliste du XIXe siècle et participe à des publications de la jeune école naturaliste (même si, dans certaines analyses, il prend quelque distance par rapport à celle-ci). Cela ne l'empêche pas d'écrire un certain nombre de contes fantastiques et de naviguer, au cours de sa carrière littéraire, d'un genre à l'autre. *Boule de Suif* est une œuvre à caractère réaliste. Gustave Flaubert écrit dans une lettre à sa nièce, en 1880 : « *Boule de Suif*, le conte de mon disciple, dont j'ai lu ce matin les épreuves, est un chef-d'œuvre; je maintiens le mot, un chef-d'œuvre de composition, de comique et d'observation. » Les termes d' « observation » et de « composition » sont des mots clefs du courant réaliste.

Repères

QU'EST-CE QUE LE RÉALISME ?

1. Définition (sens général)

« Conception de l'art, de la littérature, selon laquelle l'artiste ne doit pas chercher à idéaliser le réel ou à en donner une image épurée. [...] Caractère d'une production qui procède de cette conception .»

Dictionnaire *Le Petit Robert*, 1989.

De nombreux auteurs, surtout aux XIXe et XXe siècles, se réclament du réalisme. Maupassant fait partie du courant réaliste français du XIXe siècle, né vers 1850, qui préconise la description de faits réels et de personnages de la vie quotidienne.

2. Le réalisme et le naturalisme au XIXe siècle

Le courant réaliste se développe en réaction contre le romantisme dont il condamne le subjectivisme (qui tient surtout compte des sentiments et exalte le « moi ») et l'idéalisme (vision idéale du monde, illusions). L'esprit scientifique, qui repose sur l'observation et en dégage des lois, influence ce courant. Les auteurs que l'on peut rattacher au courant réaliste sont, pour n'en citer que quelques-uns, Gustave Flaubert, Guy de Maupassant, Jules Vallès, les frères Goncourt... Les éléments caractérisant le réalisme sont essentiellement :

– le *réel* (sujets vécus, inspirés de faits divers, fondés sur des documents) ;

– les *personnages quotidiens*, qui ne ressemblent pas à des héros et que l'on étudie en liaison avec leur milieu social ;

– les *descriptions précises et détaillées*, qui donnent l'impression d'une vision impartiale des choses ;

– l'*objectivité* (relative) de l'auteur qui observe les faits.

(Se reporter, pour plus de précisions, aux Documents complémentaires, notamment à la préface de *Pierre et Jean* de Maupassant, p. 116-117).

Le « naturalisme » veut aller encore plus loin dans l'observation et prétend utiliser une méthode plus scientifique, alliant l'expérimentation à l'observation, dévoilant les interactions de l'hérédité et de la société dans la psychologie des personnages. (Se reporter à l'extrait du *Roman expérimental* de Zola, Documents complémentaires, p. 118 et suiv.) Maupassant critique d'ailleurs cette prétention de l'écrivain à être un scientifique.

3. Le réalisme de Maupassant

Pour Maupassant, l'écrivain réaliste se fonde sur le réel, mais son œuvre est marquée par sa vision de la réalité ; il ne peut donc pas être totalement objectif. Selon lui, croire à l'objectivité totale est illusoire : « Faire vrai consiste à donner l'illusion complète du vrai suivant la logique ordinaire des faits, et non à les transcrire seulement dans le pêle-mêle de leur succession » (préface de *Pierre et Jean*). L'écrivain réaliste cherche à nous communiquer une vision personnelle du monde » et nous force à « comprendre le sens caché et profond des événements ».

Les faits et événements racontés dans *Boule de Suif* sont fondés sur la réalité. La marche des Prussiens sur Rouen, la déroute de l'armée française sont des faits historiques. Les lieux évoqués (Tôtes, l'auberge) existent réellement. Plusieurs personnages sont inspirés de personnes que l'auteur a connues : Boule de Suif serait une certaine Adrienne-Annonciade Legay, maîtresse d'un officier mobilisé au Havre pendant la guerre et patriote fervente ; Cornudet, le « démocrate » Charles Cordhomme, oncle de Maupassant ; Carré-Lamadon, le grand bourgeois Pouyer-Quertier. D'autres protagonistes sont inventés, mais on peut constater la véracité des comportements et attitudes selon leur classe sociale et leurs occupations. Ainsi la description des rapports de la population avec l'occupant (p. 18-19 et 39) est confirmée par la presse de l'époque. Les faits sont donc réels ou vraisemblables, les personnages quotidiens.

La précision des descriptions est, elle aussi, une des marques du réalisme de l'œuvre. Les détails concrets et quotidiens abondent pour donner une forte impression de réalité. La description des provisions de Boule de Suif est un exemple de cette minutie.

> Boule de Suif, se baissant vivement, retira de sous la banquette un large panier couvert d'une serviette blanche.
>
> Elle en sortit d'abord une petite assiette de faïence, une fine timbale en argent, puis une vaste terrine dans laquelle deux poulets entiers, tout découpés, avaient confi sous leur gelée, et l'on apercevait encore dans le panier d'autres bonnes choses enveloppées, des pâtés, des fruits, des friandises, les provisions préparées pour un voyage de trois jours, afin de ne point toucher à la cuisine des auberges. Quatre goulots de bouteilles passaient entre les paquets de nourriture. Elle prit une aile de poulet et, délicatement, se mit à la manger avec un de ces petits pains qu'on appelle « Régence » en Normandie. (p. 29)

Prolongements

- ***Recherchez, dans cet extrait, l'effet produit par l'abondance des adjectifs et des énumérations.***

Le réalisme subjectif

Si le monde décrit est conforme au monde réel, il porte cependant la marque d'une certaine vision de la réalité : celle de l'auteur. Dans le préface de *Pierre et Jean*, Maupassant indique que « le réaliste, s'il est un artiste, cherchera, non pas à nous montrer la photographie banale de la vie, mais à nous en donner la vision plus complète, plus saisissante, plus probante que la réalité même ». Ainsi l'écrivain sélectionne les incidents, les traits de caractère, pour mettre en évidence ce qu'il veut prouver, ce qu'il considère, lui, comme étant la réalité. Il y a restructuration du réel pour mettre en lumière un point de vue, une idée, ici l'effondrement des valeurs morales et humaines. Cette transformation peut paraître évidente pour l'histoire, puisqu'il ne s'agit pas ici d'un reportage, mais d'une fiction. Cependant, on peut constater que cette restructuration n'existe pas seulement pour ce qui concerne la fiction ; elle agit aussi sur des éléments destinés à donner de la véracité au texte, notamment dans certaines descriptions. Citons cette image très concrète et apparemment informative de l'arrivée des Prussiens dans Rouen :

> Dans l'après-midi du jour qui suivit le départ des troupes françaises, quelques uhlans, sortis on ne sait d'où, traversèrent la ville avec célérité. Puis, un peu plus tard, une masse noire descendit de la côte Sainte-Catherine, tandis que deux autres flots envahisseurs apparaissaient par les routes de Darnetal et de Bois-guillaume. Les avant-gardes des trois corps, juste au même

> moment, se joignirent sur la place de l'Hôtel-de-Ville ; et, par toutes les rues voisines, l'armée allemande arrivait, déroulant ses bataillons qui faisaient sonner les pavés sous leur pas dur et rythmé. (p. 17)

L'organisation du paragraphe en phrases de plus en plus longues, les expressions choisies comme « masse noire », « flots envahisseurs », « déroulant ses bataillons », « pas dur et rythmé », sont suffisamment suggestives pour ne pas être une simple information. Elles évoquent bien un raz-de-marée militaire et déshumanisé.

Boule de Suif est ainsi une nouvelle réaliste chargée d'une signification profonde autour de laquelle toute la structure de l'œuvre est organisée. Nous chercherons dans ce parcours de lecture à découvrir le sens de cette réalité telle que la voit Maupassant.

Prolongements

1. ***Une nouvelle est souvent centrée sur un effet particulier. Dans* Boule de Suif, *l'attente de la décision de l'héroïne joue un rôle important. Relevez, de la p. 43 à la p. 58, les moyens utilisés par l'auteur pour accentuer la tension dramatique.***

2. ***À la lumière des extraits de la préface de* Pierre et Jean *(Documents complémentaires, p. 116 et suiv.), complétez l'étude du réalisme en cherchant d'autres éléments de la narration susceptibles d'illustrer la définition donnée par Maupassant.***

II. LA STRUCTURE DE L'ŒUVRE

Boule de Suif est un récit. Il nous raconte une histoire qui dure cinq jours et que nous pourrions résumer ainsi :

La scène se passe près de Rouen, pendant la guerre de 1870. Une diligence transportant un groupe de nobles et de bourgeois, deux religieuses, un « démocrate » et une prostituée (Boule de Suif) se dirige vers Dieppe, fuyant les Prussiens.

Arrêté pour la nuit dans une auberge, le groupe ne peut repartir les jours suivants, victime d'un chantage : un officier prussien interdit le départ tant que Boule de Suif n'aura pas accepté ses avances. La jeune femme refuse. Pour la convaincre d'accepter, et ainsi repartir, le groupe des « bourgeois », aidé des religieuses, organise un « blocus » contre Boule de Suif et « manœuvre » pour « forcer cette citadelle vivante à recevoir l'ennemi dans la place ».

La prostituée finit par céder à l'officier prussien, et la diligence peut repartir. Loin de remercier la jeune femme, les autres voyageurs la traitent alors avec mépris.

L'histoire et le schéma narratif

Nous pouvons constater que le texte de la nouvelle correspond au schéma classique du récit : rapporter des faits vécus par des personnages, se déroulant dans une certaine durée, présentant un processus de transformation et faisant passer les personnages d'un état initial à un état final. On peut représenter la situation par le schéma ci-après :

ÉTAT INITIAL	PROCESSUS DE TRANSFORMATION	ÉTAT FINAL
• Occupation allemande • Diligence bloquée • Refus de Boule de Suif	• Attente • Processus d'argumentation • Évolution des personnages • Décision de Boule de Suif	• Capitulation de l'héroïne • Départ de la diligence

La progression du texte s'organise donc en rapport avec le déroulement des événements dans le temps.

Ce découpage que nous venons de faire correspond à l'étude de la « fiction », c'est-à-dire l'ensemble des informations permettant de reconstruire l'histoire. Mais nous pouvons aussi admettre que le sens que nous donnons aux événements est lié à la manière dont ils sont racontés, c'est-à-dire à la « narration ». Nous pouvons ainsi étudier la structure de l'œuvre d'un autre point de vue, celui de l'organisation du texte dans la narration.

❑ Des distorsions temporelles

Pour marquer la différence entre la fiction et la narration, on peut prendre l'exemple du temps. La chronologie de la narration respecte celle de la fiction : c'est un des principes « réalistes » de Maupassant. Cependant, il y a des distorsions temporelles entre la durée plausible des faits et le temps qui leur est accordé dans le texte. Significatives, elles nous indiquent qu'il faut privilégier tel événement plutôt que tel autre.

Repères

DES DISTORSIONS TEMPORELLES

Le rythme de la narration est le rapport que l'on peut établir entre la durée plausible des événements décrits dans la fiction et celle de la narration, c'est-à-dire la longueur du texte pour tel événement ou tel épisode.

On peut analyser par exemple :

– les *distorsions temporelles* (la réduction ou l'allongement du récit par rapport au temps réel) ;

– les *pauses* : lorsque le temps de la narration ne correspond pas à un temps écoulé dans l'histoire (développement descriptif, commentaires) ;

– les *ellipses* : « oubli » par la narration d'une période, ou résumé d'un long moment.

Le tableau ci-dessous donne quelques repères par rapport au rythme de la narration dans la nouvelle :

Repères

ÉTAPES DE RÉCIT	TEMPS*	PAGES	REMARQUES
Le cadre : l'invasion allemande	plusieurs jours (T)	**5** (p. 15-20)	
Préparation du départ	une heure (I)	**2** (p. 20-22)	
Voyage - Portrait des protagonistes	douze heures (T)	**7** (p. 22-29)	Exemple de pause : développement descriptif
Repas dans la diligence (conversation)	environ une heure (I)	**5** (p. 29-34)	Développement descriptif + conversation
Accueil à l'auberge et repas	environ deux heures (I)	**6** (p. 35-40)	
Nuit (discussion Boule de Suif - Cornudet)	environ huit heures (I)	**1,5** (p. 40-42)	
Attente du départ Entrevue avec l'officier	un jour une nuit (T)	**6** (p. 42-48)	
2e jour d'attente (préparation du blocus)	un jour (T)	**5** (p. 48-53)	Exemple d'ellipse p. 50 : la nuit
Repas - discussion	environ deux heures (I)	**2** (p. 53-54)	
Après - midi	plusieurs heures (I)	**7 lignes** (p. 54)	Distorsion temporelle
Repas	une à deux heures (I)	**2** (p. 54-56)	
Décision et sacrifice de Boule de Suif	un jour une nuit (T)	**4** (p. 57-61)	
Voyage	plusieurs heures	**2** (p. 61-62)	
Repas	temps indéterminé	**3** (p. 62-65)	Exemple de coupure d'un épisode

* L'évaluation du temps se fait soit grâce à des indications précises du texte (T), soit par interprétation d'après des éléments du texte (I).

Prolongements

- ***Étudiez des exemples de distorsion et d'ellipse dans le passage des pages 44-47.***

Quelques constatations s'imposent à la lecture de ce tableau :

– Maupassant crée des effets d'accélération et de ralentissement pour mettre en évidence tel ou tel événement : par exemple, p. 54, l'après-midi est commenté en un court paragraphe de sept lignes, alors que le repas vient d'être raconté en cinq paragraphes, soit trente et une lignes (p. 53-54) ;

– le nombre et l'importance des scènes de repas sont impressionnants (dix-huit pages sur une totalité de cinquante). À noter que ces repas sont toujours des lieux de discussion et des étapes dans l'évolution du récit. Boule de Suif est consommable et doit être consommée. Les repas sont symboliques ; ils préfigurent l'avenir de la prostituée et témoignent de la réduction des bourgeois à leur animalité ;

– ce récit comporte peu d'action par rapport à la place donnée aux descriptions et aux conversations. L'importance du discours est donc très nette, qu'il s'agisse de celui de l'auteur sur les événements et les personnages ou de celui des protagonistes. Cette place accordée au discours a un sens, puisque c'est une stratégie discursive qui réglera le sort de Boule de Suif. *La parole représente un pouvoir*.

Si nous observons le début et la fin du tableau, nous remarquons également que Maupassant s'attarde sur des effets de parallélisme entre certaines scènes.

Les effets de parallélisme et de cercle

Plusieurs scènes du début et de la fin du texte se rapprochent dans leur forme ou dans leur signification. L'histoire commence par le récit d'une capitulation, celle de l'armée française. Elle se termine par la constation d'une autre capitulation, celle de tous les voyageurs face à l'officier prussien (p. 15 et 64-65). Certes, les deux scènes ne représentent pas les mêmes événements, ne mettent pas en scène les mêmes personnages. Mais elles décrivent toutes deux un cheminement qui ressemble à une fuite, qu'il s'agisse de « lambeaux d'armée en déroute » ou de la fuite des voyageurs devant l'ennemi. On y retrouve la même lassitude, la même fatigue : p. 15 (« Tous semblaient accablés, éreintés, incapables d'une pensée ou d'une résolution ») ; p. 65 (« les esprits las et exaspérés »). L'isolement des individus, la désorganisation accentuent le climat de défaite. La soif de vengeance des patriotes se fait entendre avec la Marseillaise fredonnée par Cornudet (p. 64) ou dans les noms des bataillons en déroute (p. 15). Mais elle semble impuissante face au raz-de-marée des occupants et au flot des larmes de Boule de Suif.

Le début et la fin du texte se font donc écho : une armée et des civils en déroute, une société complète qui s'effondre dans la guerre...

Le récit de Maupassant se termine par le mot « ténèbres » qui rappelle la nuit d'où sont apparus les voyageurs, au début de l'histoire (p. 20), et les deux scènes se déroulent sous la neige.

Plus évident encore est le rapprochement entre les deux séquences de voyage en diligence et les repas qui s'y déroulent.

> Alors Boule de Suif, rougissante et embarrassée, balbutia en regardant les quatre voyageurs restés à jeun : « Mon Dieu, si j'osais offrir à ces messieurs et à ces dames... » Elle se tut, craignant un outrage, Loiseau prit la parole : « Eh, parbleu, dans des cas pareils tout le

monde est frère et doit s'aider. Allons, mesdames, pas de cérémonie : acceptez, que diable ! Savons-nous si nous trouverons seulement une maison où passer la nuit ? Du train dont nous allons, nous ne serons pas à Tôtes avant demain midi. » On hésitait, personne n'osant assumer la responsabilité du « oui. ». Mais le comte trancha la question. Il se tourna vers la grosse fille intimidée, et, prenant son grand air de gentilhomme, il lui dit : « Nous acceptons avec reconnaissance, madame. »

Le premier pas seul coûtait. Une fois le Rubicon passé, on s'en donna carrément. Le panier fut vidé. Il contenait encore un pâté de foie gras, un pâté de mauviettes, un morceau de langue fumée, des poires de Crassane, un pavé de pont-l'évêque, des petits-fours et une tasse pleine de cornichons et d'oignons au vinaigre: Boule de Suif, comme toutes les femmes, adorant les crudités.

On ne pouvait manger les provisions de cette fille sans lui parler. Donc on causa, avec réserve d'abord, puis, comme elle se tenait fort bien, on s'abandonna davantage. Mmes de Bréville et Carré-Lamadon, qui avaient un grand savoir-vivre, se firent gracieuses avec délicatesse. La comtesse surtout montra cette condescendance aimable des très nobles dames qu'aucun contact ne peut salir, et fut charmante. Mais la forte Mme Loiseau, qui avait une âme de gendarme, resta revêche, parlant peu et mangeant beaucoup. (p. 31-32)

[...] Au bout de trois heures de route, Loiseau ramassa ses cartes : « il fait faim », dit-il.

Alors sa femme atteignit un paquet ficelé d'où elle fit sortir un morceau de veau froid. Elle le découpa proprement par tranches minces et fermes, et tous deux se mirent à manger.

« Si nous en faisions autant », dit la comtesse. On y consentit et elle déballa les provisions préparées pour les deux ménages [...].

Les deux bonnes sœurs développèrent un rond de saucisson qui sentait l'ail ; et Cornudet, plongeant les deux mains en même temps dans les vastes poches de son paletot sac, tira de l'une quatre œufs durs et de l'autre le croûton d'un pain. Il détacha la coque, la jeta sous ses pieds dans la paille et se mit à mordre à même les œufs, faisant tomber sur sa vaste barbe des parcelles de jaune clair qui semblaient, là-dedans, des étoiles.

Boule de Suif, dans la hâte de l'effarement de son lever, n'avait pu songer à rien ; et elle regardait, exaspérée, suffoquant de rage, tous ces gens qui mangeaient placidement. Une colère tumultueuse la crispa d'abord, et elle ouvrit la bouche pour leur crier leur fait avec un flot d'injures qui lui montait aux lèvres ; mais elle ne pouvait pas parler tant l'exaspération l'étranglait.

Personne ne la regardait, ne songeait à elle. Elle se sentait noyée dans le mépris de ces gredins honnêtes qui l'avaient sacrifiée d'abord, rejetée ensuite, comme une chose malpropre et inutile. Alors elle songea à son grand panier tout plein de bonnes choses qu'ils avaient goulûment dévorées, à ses deux poulets luisants de gelée, à ses pâtés, à ses poires, à ses quatre bouteilles de bordeaux ; et sa fureur tombant soudain comme une corde trop tendue qui casse, elle se sentit prête à pleurer. (p. 62-63)

Prolongements

Dans la dernière scène (« Personne ne la regardait [...] Alors elle songea à son grand panier [...] »), Maupassant nous invite clairement à faire le parallèle avec la séquence précédente (« Alors Boule de Suif, rougissante [...] »).

Étudiez :

1. ***Le contraste entre la générosité de Boule de Suif, la convivialité, les discussions animées, d'un côté ; le silence, les gestes mécaniques, l'isolement, l'égoïsme, de l'autre.***
2. ***Le contraste entre le repas apporté par Boule de Suif dans la première séquence et les denrées des personnages dans la seconde. La nourriture n'est-elle pas ici symbolique ?***
3. ***Les éléments communs aux deux séquences.***

Ces séquences du début et de la fin du récit montrent qu'il n'y a pas d'évolution, de progrès ; on sort un moment des ténèbres, le temps d'une mise en scène, pour mieux y retourner. Les scènes ne sont pas seulement mises en parallèle ; l'auteur crée un effet de cercle et de clôture que l'on retrouve dans toute la narration.

La répétition des rituels en est un exemple. Le même scénario se répète plusieurs jours de suite : diligence bloquée, ultimatum de l'officier, refus de Boule de Suif, repas, discussion, sommeil. On a l'impression que rien n'évolue, que l'on pourrait rester ainsi éternellement. L'angoisse de l'attente est renforcée, mais aussi l'impression d'impuissance des personnages.

La scène du sacrifice de la prostituée (p. 58) commentée par Loiseau fait écho à celle de la tentative de séduction de Cornudet (p.41), où Loiseau joue le même rôle de voyeur. Le marchand de vin insiste d'ailleurs lourdement sur ce qu'il sait et rappelle l'incident du corridor.

> [...] il raconta les : « mystères du corridor ». Alors il y eut une reprise de gaieté formidable. Ces dames s'amusaient comme des folles. Le comte et M. Carré-Lamadon pleuraient à force de rire. Ils ne pouvaient croire.
>
> « Comment. Vous êtes sûr ? Il voulait...
> – Je vous dis que je l'ai vu.
> – Et, elle a refusé...
> – Parce que le Prussien était dans la chambre à côté.
> – Pas possible ?
> – Je vous le jure. »
>
> Le comte étouffait. L'industriel se comprimait le ventre à deux mains. Loiseau continuait :
>
> « Et, vous comprenez, ce soir, il ne la trouve pas drôle, mais pas du tout. »
>
> Et tous les trois repartaient, malades, essouflés, toussant. (p. 60)

Ce regard sur un passage que le lecteur connaît déjà, mais censé être ignoré des personnages, permet de créer un effet pessimiste de clôture sur l'affaire. La « pudeur patriotique de catin » est tombée, mais pour quel intérêt?

Ainsi nous pouvons constater que la structure de la narration est tout entière au service d'une idée. Par des effets de clôture du texte sur lui-même, Maupassant semble nous prouver que tout est déterminé ; il n'y a pas d'évolution possible : les bourgeois lâches et capitulards au début le sont restés ; la prostituée ne se rachète pas. Le monde dans lequel évoluent les personnages est un monde clos sur lui-même, sans espérance.

Prolongements

1. Les paragraphes sont des éléments de structuration du texte qui peuvent avoir leur importance. Étudiez l'utilisation du retour à la ligne pour ponctuer l'action dans la scène de l'arrivée de la diligence à l'auberge (p. 34-36).

2. Commentez, à la lumière de* Boule de Suif*, cette déclaration de Maupassant (préface de* Pierre et Jean*) :

Le romancier, [...] qui prétend nous donner une image exacte de la vie, doit éviter avec soin tout enchaînement d'événements qui paraîtrait exceptionnel.

III. LE CADRE DU RÉCIT

L'atmosphère créée par l'auteur est destinée à mettre le lecteur en condition et le rend plus réceptif à l'effet de la nouvelle. L'histoire du sacrifice de la prostituée ne prend toute sa dimension que dans l'atmosphère de défaite et de capitulation générale de la guerre de 1870. Les lieux où se déroule l'action, la diligence et l'auberge, renforcent cette atmosphère étouffante.

Le cadre historique

La guerre franco-prussienne a particulièrement marqué les consciences. Les Français déclarent la guerre à la Prusse en juillet 1870, persuadés de gagner, et subissent un échec retentissant ; l'empire de Napoléon III s'effondre, les troupes allemandes assiègent Paris, et la Normandie est occupée. La honte et l'esprit revanchard se répandent dans une grande partie de l'opinion publique. Maupassant, lui-même soldat pendant la guerre, écrit *Boule de Suif* à peine dix ans après la fin du conflit ; ce thème est choisi par le groupe des écrivains qui composent le recueil *Les Soirées de Médan* pour son actualité. On peut imaginer l'importance de l'impact sur le lecteur de l'époque, d'autant plus que les faits décrits s'appuient sur la réalité. Dans une lettre à Flaubert, Maupassant écrit : « Nous avons voulu seulement tâcher de donner à nos récits une note juste sur la guerre, de les dépouiller du chauvinisme à la Déroulède[1], de l'enthousiasme faux jugé jusqu'ici nécessaire dans toute narration où se trouvent une culotte rouge et un fusil. »

1. Paul Déroulède (1846-1914), écrivain et homme politique, exprima un patriotisme à caractère nationaliste et revanchard.

Mais la guerre ne sert pas seulement de toile de fond au récit ; elle le pénètre, l'occupe entièrement. La capitulation, la trahison sont les sujets mêmes de l'œuvre. La guerre sert également de prétexte pour réunir des personnages qui ne seraient jamais rencontrés dans la société en temps de paix.

Maupassant nous décrit l'invasion allemande en trois étapes :

– la défaite de l'armée française et le repli des troupes désorganisées ;

– l'arrivée des Prussiens ;

– l'occupation et la fuite d'un certain nombre de civils vers des zones non occupées permettant un départ éventuel vers l'Angleterre.

La rapidité avec laquelle se succèdent ces trois étapes permet de comprendre le degré d'affolement des personnages ; étudions-les maintenant dans le cadre de la narration...

Nous entrons dans le texte avec les troupes vaincues, en déroute ; le début de la nouvelle, reconnaissons-le, n'est pas bien gai :

> Pendant plusieurs jours de suite des lambeaux d'armée en déroute avaient traversé la ville. Ce n'était point de la troupe, mais des hordes débandées. Les hommes avaient la barbe longue et sale, des uniformes en guenilles, et ils avançaient d'une allure molle, sans drapeau, sans régiment. Tous semblaient accablés, éreintés, incapables d'une pensée ou d'une résolution, marchant seulement par habitude, et tombant de fatigue sitôt qu'ils s'arrêtaient. On voyait surtout des mobilisés, gens pacifiques, rentiers tranquilles, pliant sous le poids du fusil ; des petits moblots alertes, faciles à l'épouvante et prompts à l'enthousiasme, prêts à l'attaque comme à la fuite ; puis, au milieu d'eux, quelques culottes rouges, débris d'une division moulue dans une grande bataille ; des artilleurs sombres alignés avec ces fantassins divers ; et, parfois, le casque brillant d'un dragon au pied pesant qui suivait avec peine la marche plus légère des lignards.

> Des légions de francs-tireurs aux appellations héroïques : « Les Vengeurs de la Défaite – les Citoyens de la Tombe – les Partageurs de la Mort » – passaient à leur tour, avec des airs de bandits.
>
> Leurs chefs, anciens commerçants en draps ou en graines, ex-marchands de suif ou de savon, guerriers de circonstance, nommés officiers pour leurs écus ou la longueur de leurs moustaches, couverts d'armes, de flanelle et de galons, parlaient d'une voix retentissante, discutaient plans de campagne, et prétendaient soutenir seuls la France agonisante sur leurs épaules de fanfarons ; mais ils redoutaient parfois leurs propres soldats, gens de sac et de corde, souvent braves à outrance, pillards et débauchés.
>
> Les Prussiens allaient entrer dans Rouen, disait-on.
>
> La garde nationale qui, depuis deux mois, faisait des reconnaissances très prudentes dans les bois voisins, fusillant parfois ses propres sentinelles, et se préparant au combat quand un petit lapin remuait sous des broussailles, était rentrée dans ses foyers. Ses armes, ses uniformes, tout son attirail meurtrier, dont elle épouvantait naguère les bornes des routes nationales à trois lieues à la ronde, avaient subitement disparu. (p. 15-16)

Nous remarquons que cette description, comme toute description, est le reflet du regard de son auteur, et le point de vue de Maupassant sur la guerre domine tout le passage : la guerre avilit l'homme, empêche le progrès, révèle toutes les bassesses humaines (voir *Maupassant : la révolte de la raison*, Documents complémentaires, p. 120 et suiv.).

Nul doute, ici, l'image de la déroute est celle de la déchéance. L'humanité a presque disparu de cette armée; les métaphores employées sont claires : « lambeaux d'armée », « hordes » ; l'épuisement, l'hébètement dominent. Les hommes sont devenus des automates. L'armée elle-même a perdu son identité, ses signes de reconnaissance : il n'y a plus de drapeau, et les noms jadis symboles de fierté militaire sont systématiquement suivis de termes dévalorisants : les « culottes rouges » sont des « débris », les « artilleurs » sont « sombres », le « dragon » au « casque brillant » a le pas lourd et suit « avec peine ». Les armées non régulières (francs-tireurs et garde nationale) sont encore plus inquiétantes avec leurs noms à la fois ronflants et effrayants : « Citoyens de la Tombe », « Partageurs de la Mort » ; on perçoit ici l'ironie de l'auteur qui insiste sur l'horreur qui s'attache à ces troupes.

Cependant, Maupassant ne se contente pas de constater la déchéance ; il se livre à une critique sociale féroce et dresse le procès d'une injustice. Qui sont les soldats qu'on a envoyé se faire massacrer ? Des civils abusés pour la plupart, des mobilisés qui, dans la guerre, deviennent des bêtes ; leurs chefs sont lâches, fanfarons, cupides et incompétents. L'ironie est acerbe et met en évidence les contradictions entre la mission assignée aux troupes et leur travail réel : « [...] ils redoutaient parfois leurs propres soldats », « la garde nationale [...] faisant des reconnaissances très prudentes dans les bois voisins, fusillant parfois ses propres sentinelles. » Personne ne semble trouver grâce à ses yeux, la guerre pourrissant tout sur son passage. Dans un autre texte, journalistique, Maupassant écrit : « La guerre arrive. En six mois, les généraux ont détruit vingt ans d'efforts, de patience, de travail et de génie. »

Derrière cette armée en train de fuir, le déferlement, telle une inondation, des troupes prussiennes et la frayeur qu'il provoque font naître une panique générale dans la population.

> Des commandements criés d'une voix inconnue et gutturale montaient le long des maisons qui semblaient mortes et désertes, tandis que, derrière les volets fermés, des yeux guettaient ces hommes victorieux, maîtres de la cité, des fortunes et des vies de par le « droit de guerre ». Les habitants, dans leurs chambres assombries, avaient l'affolement que donnent les cataclysmes, les grands bouleversements meurtriers de la terre, contre lesquels toute sagesse et toute force sont inutiles. Car la même sensation reparaît chaque fois que l'ordre établi

> des choses est renversé, que la sécurité n'existe plus, que tout ce que protégeaient les lois des hommes ou celles de la nature, se trouve à la merci d'une brutalité inconsciente et féroce. Le tremblement de terre écrasant sous les maisons croulantes un peuple entier ; le fleuve débordé qui roule les paysans noyés avec les cadavres des bœufs et les poutres arrachées aux toits, ou l'armée glorieuse massacrant ceux qui se défendent, emmenant les autres prisonniers, pillant au nom du sabre et remerciant un dieu au son du canon, sont autant de fléaux effrayants qui déconcertent toute croyance à la justice éternelle, toute la confiance qu'on nous enseigne en la protection du ciel et la raison de l'homme. (p.17-18)

L'arrivée des Prussiens est décrite comme un cataclysme naturel, un « tremblement de terre », un « fleuve débordé » charriant des cadavres et des morceaux d'habitations. Là encore, l'humanité a disparu ; il ne reste plus que les voix ou les yeux. L'ampleur du rythme de la phrase nous fait sentir le déferlement du fleuve de haine et de mort. L'ironie bâtie sur le contraste n'est plus seulement acerbe, elle laisse percevoir l'horreur de la guerre : « remerciant un dieu au son du canon », « fléaux effrayants qui déconcertent toute croyance à la justice éternelle ».

Nous parvenons ici à une étape supérieure de la démonstration de Maupassant : la défaite de l'armée française annihilait toute confiance en l'homme ; le déferlement prussien anéantit toute espérance. La lutte et la résistance, « vengeances obscures », sont presque toujours vouées à l'échec (« Car la haine de l'Étranger arme toujours quelques Intrépides prêts à mourir pour une Idée »)... C'est ainsi dans un monde de cataclysmes, sans perspective, que Maupassant nous entraîne. Le développement descriptif oriente bien la narration dans un sens, celui du pessimisme de l'auteur.

La fuite des protagonistes qui cherchent à se protéger ou à conserver leurs biens est alors parfaitement compréhensible.

Maupassant note toutefois que dans le climat d'occupaton, certains s'en sortent mieux que d'autres :

> [...] Au bout de quelque temps, une fois la première terreur disparue, un calme nouveau s'établit. Dans beaucoup de familles, l'officier prussien mangeait à table. Il était parfois bien élevé, et, par politesse, plaignait la France, disait sa répugnance en prenant part à cette guerre. On lui était reconnaissant de ce sentiment ; puis on pouvait, un jour ou l'autre, avoir besoin de sa protection. En le ménageant on obtiendrait peut-être quelques hommes de moins à nourrir. Et pourquoi blesser quelqu'un dont on dépendait tout à fait ? Agir ainsi serait moins de la bravoure que de la témérité. (p. 18)

En fait, les Prussiens représentent pour certains une garantie contre la menace de la révolution (rappelons que la Commune révolutionnaire de Paris s'installe pour quelques mois en 1871). Par ailleurs, tous les Allemands ne sont pas abominables, et un bedeau insiste sur la distinction entre les hommes de troupe et leurs dirigeants. Cette prise de position amène les personnages à faire part de leurs opinions :

> Le comte, étonné, interrogea le bedeau qui sortait du presbytère. Le vieux rat d'église lui répondit : « Oh ! ceux-là ne sont pas méchants ; c'est pas des Prussiens, à ce qu'on dit. Ils sont de plus loin ; je ne sais pas bien d'où ; et ils ont tous laissé une femme et des enfants au pays ; ça ne les amuse pas, la guerre, allez ! Je suis sûr qu'on pleure bien aussi là-bas après les hommes ; et ça fournira une fameuse misèse chez eux comme chez nous. Ici, encore, on n'est pas trop malheureux pour le moment, parce qu'ils ne font pas de mal et qu'ils travaillent comme s'ils étaient dans leurs maisons. Voyez-vous, monsieur, entre pauvres gens, faut bien qu'on s'aide... C'est les grands qui font la guerre. »
>
> Cornudet, indigné de l'entente cordiale établie entre les vainqueurs et les vaincus, se retira, préférant s'enfermer dans l'auberge. Loiseau eut un mot pour rire : « Ils repeuplent. » M. Carré-Lamadon eut un mot grave : « Ils réparent. »(p. 42-43)

« C'est les grands qui font la guerre. » Cette remarque peut s'appliquer à l'histoire de la prostituée qui se retrouve victime de l'officier prussien et des bourgeois français, réunis pour vaincre la « forteresse ».

Pourquoi les protagonistes fuient-ils ? En réalité, le climat n'est pas toujours au calme, et l'avancée des Allemands, fulgurante, crée une panique générale. Certains, par ailleurs, ont des intérêts au Havre, où se trouve encore l'armée française ; ils cherchent à protéger leurs biens (c'est le cas des trois couples de l'histoire) ; les religieuses vont soigner des blessés ; Boule de Suif et Cornudet ne supportent pas la présence de l'occupant. Le degré de patriotisme est ainsi très variable d'une personne à l'autre. L'unité des voyageurs est un ciment peu solide.

❑ La guerre comme thème

Si le début du récit met en place le cadre de l'histoire – la guerre – , celle-ci traverse l'ensemble de la nouvelle sous la forme d'un thème dominant.

Ainsi la fuite et la capitulation du début se reproduisent à la fin de la nouvelle.

• La guerre et l'amour

Pénétrant peu à peu les mentalités et les discours, la guerre finit par empoisonner l'amour. Boule de Suif est le symbole de l'amour physique et libre. Par une ironie du sort, alors qu'elle refuse Cornudet par « pudeur patriotique », elle doit céder à l'ennemi.

> [...] Cornudet insistait avec vivacité. Il disait :
> « Voyons, vous êtes bête, qu'est-ce que ça vous fait ? »
> Elle avait l'air indignée et répondit :
> « Non, mon cher, il y a des moments où ces choses-là ne se font pas ; et puis, ici, ce serait une honte. »

> Il ne comprenait point, sans doute, et demanda pourquoi. Alors elle s'emporta, élevant encore le ton :
>
> « Pourquoi ? Vous ne comprenez pas pourquoi ? Quand il y a des Prussiens dans la maison, dans la chambre à côté, peut-être ? »
>
> Il se tut. Cette pudeur patriotique de catin qui ne se laissait point caresser près de l'ennemi dut réveiller en son cœur sa dignité défaillante, car, après l'avoir seulement embrassée, il regagna sa porte à pas de loup. (p. 41)

Le sacrifice de la prostituée transformera l'amour physique en violence et en haine.

Repères

LES THÈMES LITTÉRAIRES

La notion de *thème* est utilisée en littérature dans divers contextes :

– lorsqu'on parle de l'étude d'un *thème littéraire,* dans une œuvre ou dans un groupement de textes, il s'agit de l'étude d'une idée ou d'une image qui reviennent fréquemment et qui s'étendent à l'ensemble de l'œuvre de l'auteur, voire à plusieurs œuvres d'un même courant ou d'un même genre (p. ex. : le thème de la femme dans *Les Fleurs du mal* de Baudelaire ou celui de la réussite sociale chez les romanciers du XIXe siècle;

– dans un paragraphe ou une unité de discours, on parle fréquemment de thème ou de *motif* pour désigner le sujet traité ou une unité de sens qui a une fonction dans le discours (dans *Boule de Suif,* par exemple, le thème de la guerre dans le discours de la vieille religieuse, ou celui de la nourriture dans le portrait de la prostituée et dans l'ensemble de la nouvelle).

On analyse alors souvent, pour dégager ce thème, le *champ lexical* du texte, c'est-à-dire l'ensemble des mots utilisés pour désigner, qualifier ou caractériser ce thème. On parle aussi d'*isotopie* lorsqu'il s'agit d'un réseau cohérent qui dessine un univers de discours alliant des termes directement interprétables (champ lexical) et entraînant d'autres termes en écho ;

– la notion de thème s'emploie encore pour désigner l'objet de l'acte d'énonciation dans un discours. Il s'oppose alors au *propos* qui représente le contenu de ce qui est dit par rapport à ce thème.

• Le thème de la guerre dans le discours

Les références à la guerre sont constantes dans le discours des protagonistes, à partir du moment où ils veulent décider Boule de Suif à se sacrifier.

> On prépara longuement le blocus, comme pour une forteresse investie. Chacun convint du rôle qu'il jouerait, des arguments dont il s'appuierait, des manœuvres qu'il devrait exécuter. On régla le plan des attaques, les ruses à employer, et les surprises de l'assaut, pour forcer cette citadelle vivante à recevoir l'ennemi dans la place. (p. 52-53)

Remarquons le champ lexical de la guerre à travers les termes « blocus », « forteresse », « attaque », « ruse », « assaut » : il donne une unité au discours. De même, le thème guerrier est utilisé (p. 53), soit pour caractériser le discours (« approches »), soit pour raconter des exploits (« généraux ennemis », « lieutenant », « champ de bataille », « arme », « caprices des soldatesques », « racontant ses campagnes », « remous des batailles », etc.).

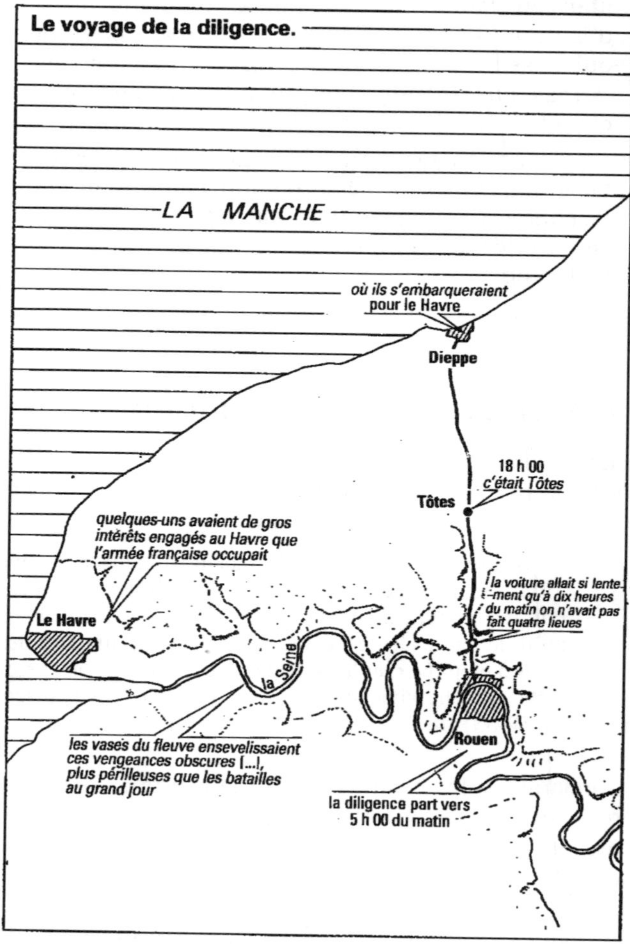

Le voyage de la diligence.
LA MANCHE
où ils s'embarqueraient pour le Havre
Dieppe
18 h 00
c'était Tôtes
Tôtes
quelques-uns avaient de gros intérêts engagés au Havre que l'armée française occupait
la voiture allait si lente--ment qu'à dix heures du matin on n'avait pas fait quatre lieues
Le Havre
la Seine
les vases du fleuve ensevelissaient ces vengeances obscures [...], plus périlleuses que les batailles au grand jour
Rouen
la diligence part vers 5 h 00 du matin

La guerre est ici le thème commun, support des métaphores employées par Maupassant et élément contextuel déterminant de l'histoire. Les personnages mis en scène sont constamment situés par rapport à des événements guerriers (la sœur, les femmes qui « se dévouent »). La démarche argumentative elle-même est conçue comme un événement guerrier. Cela permet de désigner Boule de Suif comme cible au nom de la liberté. Il s'agit ici d'une guerre par le discours, guerre au même titre que celle des armes. Une seconde défaite, après celle de l'armée, n'est pas admissible par le groupe des bourgeois, qui sacrifie donc Boule de Suif.

Un monde clos : les lieux de l'action

Alors que *Boule de Suif* est l'histoire d'un voyage, le monde extérieur n'est à aucun moment décrit.

Il est presque toujours caché, que ce soit par des rideaux de neige ou par la nuit : « un rideau de flocons blancs ininterrompus » (p. 21) ; « on se voyait mal dans l'obscurité. » (p.20)

C'est en fait l'enfermement qui domine, facteur de tension. La diligence et l'auberge sont des lieux clos dont on ne peut s'éloigner à cause de l'ennemi qui se trouve partout, et des intempéries. Les rares fois où l'on quitte ces lieux, c'est un monde hostile que l'on rencontre. Les Prussiens occupent la zone traversée, et la lenteur du voyage augmente les risques. On passe de l'un à l'autre de ces lieux sans s'en écarter (cf. le trajet suivi par la diligence, p. 34).

• La diligence

Le voyage en diligence reste, au XIXe siècle, une véritable aventure. De nombreux récits en témoignent, chez Balzac, Hugo, George Sand, Nerval, Maupassant et bien d'autres. Elle fait partie du décor et explique bien des accidents et des surprises. On ne sait pas quand on arrivera, ni comment ; les routes sont mauvaises, les voitures inconfortables et le voyage très lent. Mais surtout, les longs trajets sont l'occasion de tisser des liens et de nouer des intrigues.

Ces divers éléments caractéristiques du voyage en diligence, nous les retrouvons dans *Boule de Suif*, mais là, les choses se compliquent. La neige empêche d'avancer, et la voiture met plus de cinq heures pour faire quatre lieues (environ 16 km) ; c'est-à-dire que l'on voyage moins vite qu'à pied. « La voiture avançait lentement, lentement, à tout petits pas (p. 22). »

Prolongements

- ***Relevez le champ lexical de la souffrance dans les pages décrivant le début du voyage (p.20-23).***

Tout le monde est serré, et le long voyage est le lieu où se révèlent les passions et les caractères. Déjà les places prises dans la voiture sont caractéristiques de l'état d'esprit et de la position sociale : « Tout au fond, aux meilleures places, sommeillaient, en face l'un de l'autre, M. et Mme Loiseau (p. 23). » Au fond de la diligence, les trois couples de « gens honnêtes » ; au bord, les deux exclus, Cornudet et Boule de Suif. Ces gens, dont certains se haïssaient auparavant ou s'ignoraient, sont obligés de vivre ensemble dans un espace confiné. Ils se trouvent littéralement dans une « boîte » qui se déplace, cloîtrés, sans pouvoir échapper aux autres, contraints de se situer dans les rapports de forces qui s'établissent peu à peu.

Peut-être les voyageurs espèrent-ils se sentir libres à l'étape tant attendue ; en tout cas, ils seront bien déçus...

• L'auberge

Dans cette fuite pour échapper aux Allemands, les fugitifs espèrent trouver un hâvre de paix : ils tombent en territoire ennemi, l'auberge étant habitée par un officier prussien. « Bien que la diligence fût immobile, personne ne descendait, comme si l'on fût attendu à être massacré à la sortie. » L'auberge est cependant une étape de repos le premier soir ; ils peuvent s'y réchauffer et y manger. Mais dès le lendemain, elle est un nouveau lieu d'enfermement, presque une prison. La diligence est bloquée. Les fugitifs ne peuvent fuir à pied, à cause de la neige et de la guerre.

Dans ce monde clos, les « rituels » (chapitre II) revêtent une grande importance : repas, conversations, jeux, demande de l'officier ; toutes ces étapes se répètent de façon régulière et accentuent l'impression d'univers carcéral.

Nous retrouvons ainsi, dans le cadre du récit, le même univers de clôture que dans la structure de l'œuvre. L'effet d'enfermement complète l'effet de cercle.

Prolongements

1. ***Comparaison de textes : relire le début du récit (p. 15-18) et le texte de Maupassant sur la guerre (voir Documents complémentaires, p. 115 et suiv.). L'un est un récit, l'autre un texte argumentatif. Montrer en quoi on parvient à la même idée de la guerre et quels sont les procédés utilisés par chaque texte pour aboutir à l'expression d'un point de vue.***
2. ***Le voyage en diligence : étudier ce thème à travers d'autres récits des XVIIIe et XIXe siècles ; par exemple*** **Manon Lescaut*, de l'abbé Prévost,* Madame Bovary** ***de Gustave Flaubert ou*** **Les Diaboliques** ***de Barbey d'Aurevilly.***

IV. LES PERSONNAGES

Les personnages de *Boule de Suif* sont, comme dans de nombreux récits, des êtres de fiction. Ils présentent ici deux caractéristiques :

– nous ne connaissons pas toute leur vie, leur portrait est loin d'être complet, nous les voyons évoluer dans des circonstances déterminées ;

– ils sont vraisemblables, et certains d'entre eux sont inspirés directement de personnes que Maupassant a réellement connues (voir chapitre I).

Ces caractéristiques sont celles de nombreux protagonistes des nouvelles réalistes de Maupassant.

Les personnages ne sont, en général, pas présentés de l'intérieur, à travers leur subjectivité. Ils sont presque toujours décrits de l'extérieur par un narrateur qui se pose en observateur. Le lecteur n'a pratiquement jamais accès à leur conscience (voir le problème de la « focalisation », dans le chapitre VI). Les dialogues sont en revanche assez fréquents et nous laissent entendre leurs voix. Examinons donc, dans un premier temps, les portraits que le narrateur nous propose.

❑ Les portraits

Les protagonistes essentiels apparaissent ensemble, en groupe. C'est après avoir situé les conditions historiques de l'histoire, et lors du voyage en diligence, que Maupassant nous dresse un portrait de chaque personnage, observé individuellement ; leur comportement dans le récit est en général conforme à la description première, mais apporte certaines fois des compléments importants (c'est le cas pour les religieuses). Un autre groupe de personnages, secondaires, apparaît à l'auberge. Nous les citons dans leur ordre d'apparition.

• Les Loiseau

> Tout au fond, aux meilleurs places, sommeillaient, en face l'un de l'autre, M. et Mme Loiseau, des marchands de vin en gros de la rue Grand-Pont.
>
> Ancien commis d'un patron ruiné dans les affaires, Loiseau avait acheté le fonds et fait fortune. Il vendait à très bon marché du très mauvais vin aux petits débitants des campagnes et passait parmi ses connaissances et ses amis pour un fripon madré, un vrai Normand plein de ruses et de jovialité.
>
> Sa réputation de filou était si bien établie, qu'un soir, à la préfecture, M. Tournel, auteur de fables et de chansons, esprit mordant et fin, une gloire locale, avait proposé aux dames qu'il voyait un peu somnolentes de faire une partie de « Loiseau vole », le mot lui-même vola à travers les salons du préfet, puis, gagnant ceux de la ville, avait fait rire pendant un mois toutes les mâchoires de la province.
>
> Loiseau était en outre célèbre par ses farces de toute nature, ses plaisanteries bonnes ou mauvaises ; et personne ne pouvait parler de lui sans ajouter immédiatement : « il est impayable, ce Loiseau. »
>
> De taille exiguë, il présentait un ventre en ballon surmonté d'une face rougeaude entre deux favoris grisonnants.
>
> Sa femme, grande, forte, résolue, avec la voix haute et la décision rapide, était l'ordre et l'arithmétique de la maison de commerce, qu'il animait par son activité joyeuse. (p. 23)

Enrichi par la fraude, Loiseau représente de manière typique les « bourgeois émasculés par le commerce » (p. 16) ; il est arriviste, d'une vulgarité à toute épreuve, son physique est écœurant. Nous pouvons noter l'insistance de Maupassant à signaler ses excès dans la médiocrité (« très bon marché », « très mauvais vin », réputation de filou « si bien établie »). Il est ridicule, et l'on se moque de lui. Il est bon vivant et n'a aucune retenue sociale. Le reste du récit confirme ce portrait : il est le premier à accepter la nourriture de Boule de Suif, à l'espionner et à la maltraiter ensuite. C'est sa femme qui « porte la culotte » dans le ménage ; elle nous apparaît comme autoritaire et reste rigide et rude dans le déroulement de l'action, « de la nature des orties » (p. 60).

• Les Carré-Lamadon

> À côté d'eux se tenait, plus digne, appartenant à une caste supérieur, M. Carré-Lamadon, homme considérable, posé dans les cotons, propriétaire de trois filatures, officier de la Légion d'honneur et membre du Conseil général. Il était resté tout le temps de l'Empire chef de l'opposition bienveillante, uniquement pour se faire payer plus cher son ralliement à la cause qu'il combattait avec des armes courtoises, selon sa propre expression. Mme Carré-Lamadon, beaucoup plus jeune que son mari, demeurait la consolation des officiers de bonne famille envoyés à Rouen en garnison.
>
> Elle faisait vis-à-vis à son époux, toute petite, toute mignonne, toute jolie, pelotonnée dans ses fourrures, et regardait d'un œil navré l'intérieur lamentable de la voiture. (p. 23-24)

Nous montons ici très nettement dans la hiérarchie sociale et dans le pouvoir, puisque les Carré-Lamadon font partie de cette puissante bourgeoisie d'affaires qui joue un rôle politique important. Mais Maupassant joue sur le contraste entre cette puissance et l'opportunisme politique sur lequel elle repose. La moralité douteuse du couple et la fragilité de Mme Carré-Lamadon ne font qu'accentuer cette image d'une hiérarchie sociale en péril. Ce sont les protagonistes qui jouent le rôle le plus discret dans le récit et servent souvent de faire-valoir ou d'intermédiaires entre le « monde vulgaire » et les Bréville.

• Les Bréville

> Ses voisins, le comte et la comtesse Hubert de Bréville, portaient un des noms les plus anciens et les plus nobles de Normandie. Le comte, vieux gentilhomme de grande tournure, s'efforçait d'accentuer, par les artifices

de sa toilette, sa ressemblance naturelle avec le roy Henri IV qui, suivant une légende glorieuse pour la famille, avait rendu grosse une dame de Bréville, dont le mari, pour ce fait, était devenu comte et gouverneur de province. Collègue de M. Carré-Lamadon au Conseil général, le comte Hubert représentait le parti orléaniste dans le département. L'histoire de son mariage avec la fille d'un petit armateur de Nantes était toujours demeurée mystérieuse. Mais, comme la comtesse avait grand air, recevait mieux que personne, passait même pour avoir été aimée par un des fils de Louis-Philippe, toute la noblesse lui faisait fête, et son salon demeurait le premier du pays, le seul où se conservât la vieille galanterie, et dont l'entrée fût difficile.

La fortune des Bréville, toute en biens-fonds, atteignait, disait-on, cinq cent mille livres de revenu.

Repères

L'ÉTUDE D'UN PERSONNAGE

Lors de la lecture d'un roman ou d'une nouvelle, l'étude d'un ou plusieurs personnages est souvent proposée comme thème d'exposé ou dans une question d'ensemble. Comment la mener ?

Plutôt qu'une grille de lecture précise, nous indiquerons différentes pistes pour l'analyse, car l'étude d'un personnage peut être très différente selon l'œuvre, les personnages, la mise en scène de l'auteur.

Une étude classique exige en général que l'on étudie les points suivants :

– *le portrait physique* : description du personnage, analyse de son comportement physique ;

– *le portrait intellectuel et moral* : ses opinions, ses idées, ses valeurs, ses sentiments ;

– *la place et le rôle du personnage dans l'œuvre* : les rapports avec les autres personnages, son évolution, les moments où il apparaît, son importance, son influence sur le déroulement du récit.

Cette étude peut être complétée ou, dans certains cas, remplacée, par une étude davantage centrée sur le récit en tant que texte littéraire et sur le personnage en tant que produit de ce texte. Nous suggérons quelques pistes de réflexion :

– *une approche centrée sur le texte* :

• le personnage et le contexte de l'œuvre : la vérité sociale et historique du personnage ; est-il représentatif d'une classe, d'un comportement social ? d'une époque ? Quel est son statut ?

• sa réalité psychologique : quelle est sa vision du monde ? des autres ?

Quelles sont toutes les marques du texte (vocabulaire, registre de langue, organisation du récit) permettant de répondre à ces questions ?

– *la parole du personnage* : comment est-elle rapportée (directement, indirectement, avec commentaires) ; quel type de langage utilise-t-il ?

• le personnage et le narrateur : comment le narrateur présente-t-il le personnage ? Est-il lui-même un des personnages ? Développe-t-il un point de vue ou apparaît-il comme objectif ? (voir les focalisations dans le chapitre VI),

• les interactions des personnages entre eux : le personnage est-il isolé ? Évolue-t-il en groupe ? Quelles sont les marques de ses prises de position ?

• la fonction du personnage dans le texte : a-t-il un rôle spécifique de mise en lumière d'une situation, d'une idée ?

D'autres questions peuvent être posées sur la « réception » du texte par le lecteur :

• comment le lecteur découvre-t-il le personnage ? Celui-ci est-il décrit de l'intérieur ou de l'extérieur par quelqu'un qui l'observe ?

• quels effets sur le lecteur sont dus à la mise en scène ? Y a-t-il identification possible ou, au contraire, rejet ?

• comment tel ou tel personnage peut-il devenir un symbole ou un mythe ?

Ces pistes peuvent bien sûr être complétées, notamment dans une étude intertextuelle, par la comparaison d'un personnage avec d'autres du même type ou du même auteur, et par d'autres approches.

En tant que nobles, ils sont les garants des vieilles valeurs et de la galanterie ; ils dominent très nettement le groupe par l'âge, le rang, la puissance, la fortune, les sentiments élevés, la diplomatie et la maîtrise du discours. S'ils apparaissent comme les plus éloignés de la prostituée au départ, ils sont ceux qui dialoguent le plus avec elle, ensuite. Le comte va même jusqu'à la tutoyer (p. 57). De fait, ils ont le pouvoir de l'action et du discours et dirigent tous les personnages par leur intelligence, leur habileté. Ici aussi, Maupassant a travaillé le contraste entre la noblesse apparente et l'ignominie des actes.

Ces trois couples représentent ainsi la « bonne société » ; nous voyons tout de suite l'intention de l'auteur d'en signaler la hiérarchie existante par l'ordre d'entrée en scène et des interventions (les marchands parvenus, puis les industriels rapaces, puis enfin les aristocrates) ; il octroie un rôle à chacun qui est immuable au fil de l'histoire. La critique des bourgeois prêts à tout pour sauver leurs biens et de leurs femmes dignes et raides – mais capables d'écarts quand elles boivent un peu – met surtout en lumière l'hypocrisie de ce monde des apparences, où les valeurs humaines et morales disparaissent.

Face à cette bourgeoisie, Maupassant ne nous décrit pas de personnages issus du monde du travail, les paysans des terres du comte ou les ouvriers de Carré-Lamadon, ou encore les employés de Loiseau. Il est vraisemblable que ces gens-là, attachés à leur travail, ne peuvent fuir comme leurs patrons.

Les autres voyageurs sont ceux qui vivent davantage en marge de cette société et qui, d'une certaine manière, en profitent.

• Les religieuses

> Par un hasard étrange toutes les femmes se trouvaient sur le même banc ; et la comtesse avait encore pour voisines deux bonnes sœurs qui égrenaient de longs chapelets en marmottant des *Pater* et des *Ave*. L'une était vieille avec une face défoncée par la petite vérole comme si elle eût reçu à bout portant une bordée de mitraille en pleine figure. L'autre, très chétive, avait une tête jolie et maladive sur une poitrine de phtisique rongée par cette foi dévorante qui fait les martyrs et les illuminés. (p. 25)

La caricature est ici très nette : elles sont désignées par l'expression familière de « bonnes sœurs », et par la suite de nombreux termes dévalorisants les associent à leurs attributs (« sainte fille en cornette », « femme aux chapelets pendants », « bonne sœur Ran-tan-plan »). Elles ressemblent davantage à des pantins égrenant des chapelets, l'une franchement et agressivement laide, l'autre – en opposition vite nuancée – jolie, mais maladive. La plus âgée jouera un rôle décisif de soutien à la bourgeoisie. Maupassant nous fait à travers elles une caricature particulièrement féroce de l'Église.

• Cornudet

> L'homme, bien connu, était Cornudet le démoc, la terreur des gens respectables. Depuis vingt ans il trempait sa grande barbe rousse dans les bocks de tous les cafés démocratiques. Il avait mangé avec les frères et amis une assez belle fortune qu'il tenait de son père, ancien confiseur, et il attendait impatiemment la République pour obtenir enfin la place méritée par tant de consommations révolutionnaires. Au quatre septembre, par suite d'une farce peut-être, il s'était cru nommé préfet ; mais quand il voulut entrer en fonctions, les garçons de bureau, demeurés seuls maîtres de la place, refusèrent de le reconnaître, ce qui le contraignit à la retraite. Fort bon garçon, du reste, inoffensif et serviable, il s'était occupé avec une ardeur incomparable d'organiser la défense. Il avait fait creuser des trous dans les plaines, coucher tous les jeunes arbres des forêts voisines, semé des pièges sur toutes les routes, et, à l'approche de l'ennemi, satisfait de ses préparatifs, il s'était vivement replié vers la ville. Il pensait maintenant se rendre plus utile au Havre, où de nouveaux retranchements allaient être nécessaire. (p. 25-26)

Là encore, le portrait repose sur un contraste : celui d'un révolutionnaire terrifiant dans ses discours, sale et bruyant, mais assurément patriote et agréable physiquement. Il a, comme d'autres personnages de la nouvelle, la caractéristique d'être arriviste et, finalement, plus ou moins intégré à une société dont il est issu, même s'il en refuse les fondements politiques. Il est indécis dans l'histoire comme dans sa vie, critiquant les bourgeois, mais incapable d'agir vraiment contre eux ; bref, il est plus habile en paroles qu'en actes.

Maupassant nous donne ici sa vision du républicain, une vision qui n'est pas antipathique, mais néanmoins dévalorisante.

• Boule de Suif

> La femme, une de celles appelées galantes, était célèbre par son embonpoint précoce qui lui avait valu le surnom de Boule de Suif. Petite, ronde de partout, grasse à lard, avec des doigts bouffis, étranglés aux phalanges, pareils à des chapelets de courtes saucisses, avec une peau luisante et tendue, une gorge énorme qui saillait sous sa robe, elle restait cependant appétissante et courue, tant sa fraîcheur faisait plaisir à voir. Sa figure était une pomme rouge, un bouton de pivoine prêt à fleurir, et là-dedans s'ouvraient, en haut, deux yeux noirs magnifiques, ombragés de grands cils épais qui mettaient une ombre dedans ; en bas, une bouche charmante, étroite, humide pour le baiser, meublée de quenottes luisantes et microscopiques.
>
> Elle était de plus, disait-on, pleine de qualités inappréciables. (p. 26).

Le portrait de Boule de Suif est le seul à être essentiellement physique. Des autres personnages on ne connaît que quelques traits ; de Boule de Suif on connaît les moindres détails physiques ; le portrait intellectuel et moral est par contre inexistant et fait même implicitement référence à ses charmes physiques. Autant dire que la seule chose qui importe, c'est son corps et pas n'importe lequel ; un corps assimilé à de la charcuterie, un corps à consommer. C'est la sensualité qui domine ici, la vérité animale de la femme. A-t-elle réellement une identité humaine ? Sans doute, mais elle n'a qu'un surnom, Boule de Suif. Le suif est de la graisse animale ou végétale utilisée à l'époque dans diverses fabrications (chandelles, savons, etc.). Les expressions argotiques « chercher du suif à quelqu'un », « il y a du suif », signifient qu'on cherhe la bagarre ; les références ne sont pas très engageantes.

L'ensemble du portrait se développe dans le registre de la nourriture (« grasse à lard », « courtes saucisses », « appétissante », « pomme rouge ») ou des objets (« là-dedans », « en bas », « meublée »). Mais le ton employé par l'auteur (avec les termes de « femme galante »,

« charmante », « qualité ») attire la sympathie. Boule de Suif se révélera par la suite naïve, incapable de se détacher de l'idéologie bourgeoise. Elle est bonapartiste et fréquente les églises. Elle est sentimentale et généreuse. Dans la situation particulière de la guerre, elle possède un atout : son patriotisme. Ce sentiment lui vaudra un minimum de respect.

Nous pouvons toutefois remarquer qu'en tant qu'héroïne et personnage principal, elle n'a guère plus d'épaisseur psychologique que les autres personnages. Elle doit surtout sa place privilégiée dans le récit au fait qu'elle sert de catalyseur dans l'histoire ; c'est elle qui fait éclater la vérité des comportements des bourgeois ; elle oblige chacun à révéler sa vraie nature. Nous retrouvons ici un des principes de la nouvelle : ce qui importe le plus dans les personnages, c'est le rôle qu'ils jouent dans le récit.

Prolongements

1. ***Étudiez le champ lexical de la nourriture et sa signification dans le portrait de Boule de Suif.***
2. ***Étudiez le thème de la nourriture et ses variations (dévoration, sexualité) dans l'ensemble de la nouvelle.***

• Les aubergistes

M. et Mme Follenvie (p. 39) représentent les populations effrayées par l'invasion allemande et le bon sens populaire. Lui, malade et peureux ; elle, bavarde et affolée. Ils n'ont aucune épaisseur psychologique et servent de gestionnaires dans la vie à l'auberge ; ils restent caricaturaux et incitent à la moquerie.

• L'officier prussien

Lui aussi (p. 35 et 46) est caricatural : distingué, élégant et fier, il pourrait séduire s'il n'était l'ennemi, aussi autoritaire que cruel. Son goût de luxe, son arrogance impressionnent les bourgeois et, finalement, tout le monde lui cède. Remarquons toutefois qu'il est le seul à appeler la prostituée par son nom de famille (« Mademoiselle Élisabeth Rousset »).

À la lumière de ces portraits, nous constatons que l'accent est mis par Maupassant sur le statut social des personnages et non sur des particularités psychologiques individuelles : leur apparence, leur comportement sont davantage ceux d'une classe ou d'une profession que ceux d'individus réels. Mais l'intérêt du récit se trouve dans la « rencontre » révélatrice de la face cachée des personnages. L'occupation allemande est ici responsable d'un événement étonnant : la réunion, dans un cadre étroit, de personnes qui jamais ne se sont trouvées ensemble dans la société et qui ne s'y retrouveront plus jamais. Celles qui sont les plus respectables socialement s'avèrent lâches et viles ; les hiérarchies sociales s'inversent, et la prostituée est la seule personne « morale ».

Nous étudierons donc les rapports des personnages et les interactions humaines dans la narration.

❑ Les groupes

Tout au long du récit, les personnages évoluent par groupes qui se forment et se défont au gré des besoins de l'histoire.

• Les couples

Dans une première étape, celle de la présentation, les protagonistes vont par couples :

– les couples maritaux : les Bréville, les Carré-Lamadon, les Loiseau, les Follenvie ;

– les sœurs ;

– Boule de Suif et Cornudet ne forment pas un couple avant l'entrée dans la diligence, mais tout nous incite à les considérer comme tels. Ils sont présentés ensemble : « En face des deux religieuses, un homme et une femme attiraient le regard de tous » (p. 25) ; tous deux marginaux socialement, ils sont les seuls à être réellement patriotes et sortent ensemble de la diligence sans s'abaisser devant l'occupant ; Cornudet a la barbe « rousse », Boule de Suif s'appelle Élisabeth *Rousset* : est-ce un simple hasard ?

– l'officier allemand et son ordonnance.

Chaque membre du couple complète l'autre : Boule de Suif et Cornudet illustrent des facettes différentes de la marginalité ; les Bréville s'associent dans la diplomatie ; la jeune sœur sert de faire-valoir à la vieille, etc. Ils représentent une alliance momentanée qui ne fait qu'accentuer la solitude de chacun : Boule de Suif abandonnée par Cornudet, Mme Carré-Lamadon trompant son mari...

• Le groupe des hommes et le groupe des femmes

L'opposition hommes/femmes est très nette dans la diligence. Les femmes sont d'un côté, les hommes de l'autre, comme à l'église. « Par un hasard étrange toutes les femmes se trouvaient sur le même banc. » Boule de Suif étant assise du côté des hommes, ces regroupements signalent son ambiguïté de femme « à hommes ». Par ailleurs, l'homme est toujours présenté avant la femme ; même chez les religieuses, la première étant porteuse de valeurs viriles. C'est là, vraisemblablement, une marque de la société patriarcale du XIXe siècle.

• Le groupe des gens honnêtes

Ce groupe ne se forme que par réaction contre ceux que l'on rejette ; chez les femmes d'abord...

> Aussitôt qu'elle fut reconnue, des chuchotements coururent parmi les femmes honnêtes, et les mots de « prostituée », de « honte publique » furent chuchotés si haut qu'elle leva la tête. Alors elle promena sur ses voisins un regard tellement provocant et hardi qu'un grand silence aussitôt régna, et tout le monde baissa les yeux à l'exception de Loiseau, qui la guettait d'un air émoustillé.
>
> Mais bientôt la conversation reprit entre les trois dames, que la présence de cette fille avait rendues subitement amies presque intimes. Elles devaient faire, leur semblait-il, comme un faisceau de leurs dignités d'épouses en face de cette vendue sans vergogne : car l'amour légal le prend toujours de haut avec son libre confrère. (p. 26)

Face à ce groupe soudé contre elle, Boule de Suif apparaît relativement en position de force. Elle reste silencieuse, méprisante, sûre d'elle, capable par son regard d'imposer le silence. Dans le face à face, cette domination est marquée par des oppositions « haut »/« bas » : Boule de Suif « *leva* la tête », « promena *sur* ses voisins » un regard méprisant. Tout le monde « *baissa* les yeux ». Choqué par cette franchise, le groupe des bourgeoises se soude dans l'hypocrisie ; c'est l'isolement de la jeune femme qui finit par la perdre.

Le même processus de regroupement se reproduit chez les hommes, contre Cornudet : « Les trois hommes aussi, rapprochés par un instinct de conservateurs à l'aspect de Cornudet, parlaient argent d'un ton dédaigneux pour les pauvres. »

• Le pouvoir de la parole : formation d'un groupe dominant

Dans le passage où les bourgeois cherchent à convaincre la prostituée de céder à l'officier allemand (p. 53-56), ceux-ci forment au départ un groupe soudé qui transfert son pouvoir social en pouvoir du discours. Ils ne dominent plus totalement le monde face à l'occupant allemand, mais ils apparaissent comme dirigeants de la société civile et, à ce titre, représentent l'autorité face à Boule de Suif. Ils ont le pouvoir de la parole : une culture apparente, une « éducation », une aisance dans les conversations qui donne la force à leur discours.

Face à ces personnages, Boule de Suif est en position de faiblesse. Elle apparaît comme l'envers de la bourgeoisie, sa face cachée mais nécessaire : une femme publique réprouvée par la société. Exclue, déchue, elle est cependant liée à cette société qui la fait vivre et se sert d'elle. Elle ne possède pas non plus la culture historique ou religieuse dont les autres font étalage. Elle apparaît comme une naïve, incapable de se dégager de cette société dont elle est une sorte de rebus. Elle admire en effet les valeurs de référence des bourgeois : elle leur offre à manger avec respect (« si j'osais offrir à ces messieurs et à ces dames » (p. 31) ; elle est bonapartiste et fréquente les églises. Elle semble donc incapable de rejeter le discours de la conspiration qui se forme contre elle et d'y opposer son propre discours. Prise au piège de la société bourgeoise, sa position de faiblesse est particulièrement criante : d'un côté, un groupe qui représente l'ordre et la morale ; de l'autre, une prostituée, symbole de la déchéance et de l'amoralisme.

Prolongements

- ***À un moment donné du récit, un groupe de voyageurs se forme contre les exigences de l'officier prussien (p.47). Cette solidarité est brève et fait rapidement place à des attitudes très diverses.***
- ***Étudiez l'attitude des différents personnages envers l'officier prussien (p. 35-38, 45-50).***

Les interactions entre les personnages

Comme nous l'avons vu dans la constitution des groupes qui se mêlent et s'entrecroisent suivant les événements, les alliances entre les protagonistes ne sont pas stables, même si la toile de fond reste la même : un groupe de bourgeois face aux parias de la société. Les interactions humaines sont importantes dans l'évolution de l'histoire. Elles évoluent dans deux sens : des jeux d'alliance et une stratégie d'isolement de Boule de Suif.

Tout l'art de Maupassant consiste à nous prouver que ce qui motive les alliances individuelles, c'est uniquement l'intérêt personnel, la lutte pour la vie. Aucune amitié, aucun amour entre les personnes, seul compte le but personnel. Analysons quelques étapes du récit :

– les groupes (analysés plus haut) semblent se souder tous ensemble et former une belle unité en une seule occasion : lorsqu'on partage le repas de Boule de Suif dans la diligence (p. 32-33). La conversation tourne alors autour du thème qui peut unifier tous ces fuyards : « on s'entretint de la guerre naturellement ». Mais dès la fin du repas, la communauté se désunit : « La conversation continua quelque temps, un peu refroidie néanmoins depuis qu'on avait fini de manger ». (p. 34). C'est donc la faim qui est seule cause de ce regroupement ;

– une alliance Boule de Suif-Cornudet semble se dessiner dans la diligence et durant la nuit à l'auberge, mais à la suite du refus de Boule de Suif, elle échoue. Cornudet, vexé, reste certes à l'écart de la coalition qui se forme ensuite, mais n'aide pas Boule de Suif ;

– la formation de la « coalition » : cette réunion opportuniste des bourgeois n'a qu'un objectif : faire céder Boule de Suif (p. 52-56). Au niveau de la narration, cette coalition apparaît de manière précise dans le marquage des sujets et l'emploi du pronom personnel « on » (p. 53-54). À la fois collectif et indéfini, le pronom est répété plusieurs fois pour désigner le groupe des bourgeois : « on prépara longuement le blocus », « on régla le plan », « on se tut », « on commença », « on cita », « on parla », « on la laissa réfléchir », « on avait fait », « on lui disait ». L'intérêt de son emploi est de signaler une solidarité, mais en même temps d'estomper les personnages, de n'attribuer la direction de l'action à personne en particulier. Il y a unité collective, mais personne ne s'engage vraiment ;

– le passage de la coalition à des acteurs spécifiques : la comtesse et la vieille sœur.

Le groupe n'est plus capable d'assurer le discours collectivement, et le « on » fait place à des sujets individualisés (« Loiseau », « chacun », « la comtesse », « la vieille religieuse ») ; cette étape marque un moment décisif dans le récit : celui de l'alliance de la bourgeoisie et de l'Église. Le retournement de situation opéré par la prise de position d'éléments qui, auparavant, étaient neutres, fait basculer totalement le rapport de forces en faveur du groupe des bourgeois, et Boule de Suif se trouve définitivement seule.

Cette solitude gagne en fait tout le monde si l'on en juge par la fin du récit.

Repères

LES EMPLOIS DU PRONOM « ON » DANS LE TEXTE

Le pronom « on », fréquemment employé dans le texte, y prend différentes valeurs.

1. Pronom personnel substitut d'un « il » ou de « ils », il désigne à plusieurs reprises des personnes ou des groupes sans que ceux-ci soient mentionnés. Ainsi, dans le dialogue entre le cocher et le comte (p. 43) : « *on* me défend d'atteler », dit le cocher, « on » représente l'offi-

cier prussien. Et le cocher d'insister : « c'est l'aubergiste qui m'a donné l'ordre de sa part ». Le « on » efface ainsi l'individu pour mieux rappeler sa puissance démultipliée et l'étendue de son pouvoir.

Dans la scène du repas dans la diligence, certains personnages (lesquels précisément ?) refusent l'alcool de Cornudet : « *on* refusa froidement » [...] Loiseau seul [...]. Le « on » représente ici le groupe des voyageurs de manière imprécise ; seul Loiseau se distingue. Le « on » est utilisé pour désigner le groupe en formation, laissant dans le flou sa composition exacte car il n'est pas encore vraiment soudé.

Dans d'autres passages, opposé souvent à « chacun », il désigne avec davantage de netteté la coalition ou met en évidence les liens unissant les personnages : « *on* n'avait pas fait quatre lieues » ; « *on* commençait à s'inquiéter [...] chacun guettait » (p. 27) ; « *on* ne pouvait manger les provisions de cette fille sans [...] (p. 32). (Voir analyse ci-dessus, p. 54).

2. Le « on » à valeur indéterminée est employé dans des généralisations : « *on* voyait surtout des mobilisés » ; toute la population témoin et le narrateur sont inclus dans le sujet. Il peut dans d'autres situations remplir une fonction de contact entre le narrateur et le lecteur (chapitre IV) qu'il inclut dans un même regard : « *on* aurait pu croire à la fin » (p. 56).

3. Substitut du passif, le « on » sert aussi à estomper le sujet et à éviter d'apporter des précisions, ici d'ordre politique : « avec l'emphase apprise dans les proclamations qu'*on* collait chaque jour aux murs » (p. 33).

Prolongements

- ***Étudier l'emploi du pronom « on » dans la nouvelle, et plus particulièrement dans l'extrait suivant : p. 37-38, de « Tout le monde » à « sans songer à l'autre ».***

❑ La solitude et la haine

Le récit se termine en effet sur l'isolement de chacun (p. 61-65). Même si quelques bribes de conversation se font entendre, on ne parle presque plus, car il n'y a plus de communication possible. Chacun mange son propre repas, est perdu dans ses pensées personnelles et subit le chant de Cornudet. Une fois le sacrifice terminé, tout le monde s'isole dans ses pensées. Les membres de la « coalition » sont sans remords. Haine, lâcheté et solitude dominent les rapports humains. La boucle est bouclée. La guerre aurait pu réunir ces personnages, elle les a regroupés un moment pour mieux dévoiler leur solitude. Mais la guerre n'est-elle pas simplement, pour Maupassant, révélatrice d'une réalité profondément humaine et sociale ?

Prolongements

Relisez le passage décrivant l'entrée de Boule de Suif dans la diligence, à la fin du récit (p. 61-62), de « On n'attendait plus... » à « Cornudet songeait, immobile ».

1. ***Étudiez les interactions entre les personnes, notamment au travers des verbes employés. Comment se manifeste l'isolement de Boule de Suif dans les attitudes et les discours ?***
2. ***En quoi les occupations de chacun sont-elles caractéristiques de son statut social ?***

Le renversement des valeurs

Il est évident qu'à travers l'évolution des personnages, l'auteur invite le lecteur à réfléchir sur la question de la hiérarchie sociale. Les personnages qui se situent en haut de l'échelle sociale sont les plus bas moralement et humainement, incapables de développer des rapports humains autrement que par intérêt. Celle qui représente le bas de l'échelle s'avère patriote et courageuse. Elle est la seule personne qui ait quelque droiture et quelque morale. Mais elle n'est rachetée pour autant ni par la société ni par Dieu.

Prolongements

1. ***Étude comparative : l'image de la prostituée patriote chez Maupassant, à la lumière d'autres textes :* Le lit 29 *et* Mademoiselle Fifi.**
2. ***Le rôle de la femme dans la société : Maupassant s'est voulu observateur d'un certain comportement féminin ; on peut, à la lumière des divers portraits féminins dressés dans* Boule de Suif *et de quelques autres* (La Vendetta, L'Aveu, Rose, La Parure), *réfléchir aux différents rôles que Maupassant assigne aux femmes dans la société.***

V. RÉCIT ET ARGUMENTATION

Ce chapitre comporte l'explication détaillée d'un passage clef de la nouvelle, celui où les bourgeois argumentent pour convaincre Boule de Suif de se sacrifier. Ce passage est déterminant dans le déroulement de l'intrigue, puisqu'il décide de son issue. Il est extrêmement riche du point de vue de l'analyse des comportements des personnages ; il s'agit d'un moment où les protagonistes mettent en lumière leur « vraie » nature. Il constitue par ailleurs un bon exemple d'argumentation dans un contexte précis.

Relisons tout d'abord l'extrait (p. 53-56).

> Aussitôt à table, on commença les approches. Ce fut d'abord une conversation vague sur le dévouement. On cita des exemples anciens : Judith et Holopherne, puis, sans aucune raison, Lucrèce avec Sextus, Cléopâtre faisant passer par sa couche tous les généraux ennemis, et les y réduisant à des servilités d'esclave. Alors se déroula une histoire fantaisiste, éclose dans l'imagination de ces millionnaires ignorants, où les citoyennes de Rome allaient endormir à Capoue Annibal entre leurs bras, et, avec lui, ses lieutenants, et les phalanges des mercenaires. On cita toutes les femmes qui ont arrêté des conquérants, fait de leur corps un champ de bataille, un moyen de dominer, une arme, qui ont vaincu par leurs caresses héroïques des êtres hideux ou détestés, et sacrifié leur chasteté à la vengeance et au dévouement.
>
> On parla même en termes voilés de cette Anglaise de grande famille qui s'était laissé inoculer une horrible et contagieuse maladie pour la transmettre à Bonaparte sauvé miraculeusement, par une faiblesse subite, à l'heure du rendez-vous fatal.
>
> Et tout cela était raconté d'une façon convenable et modérée, où parfois éclatait un enthousiasme voulu propre à exciter l'émulation.
>
> On aurait pu croire, à la fin, que le seul rôle de la femme, ici-bas, était un perpétuel sacrifice de sa personne, un abandon continu aux caprices des soldatesques.

Les deux bonnes sœurs ne semblaient point entendre, perdues en des pensées profondes. Boule de Suif ne disait rien.

Pendant toute l'après-midi on la laissa réfléchir. Mais, au lieu de l'appeler « madame » comme on avait fait jusque là, on lui disait simplement « mademoiselle », sans que personne sût bien pourquoi, comme si l'on avait voulu la faire descendre d'un degré dans l'estime qu'elle avait escaladée, lui faire sentir sa situation honteuse.

Au moment où l'on servit le potage, M. Follenvie reparut, répétant sa phrase de la veille : « L'officier prussien fait demander à Mlle Élisabeth Rousset si elle n'a point encore changé d'avis. »

Boule de Suif répondit sèchement : « Non, monsieur. »

Mais au dîner la coalition faiblit. Loiseau eut trois phrases malheureuses. Chacun se battait les flancs pour découvrir des exemples nouveaux et ne trouvait rien, quand la comtesse, sans préméditation peut-être, éprouvant un vague besoin de rendre hommage à la Religion, interrogea la plus âgée des bonnes sœurs sur les grands faits de la vie des saints. Or, beaucoup avaient commis des actes qui seraient des crimes à nos yeux ; mais l'Église absout sans peine ces forfaits quand ils sont accomplis pour la gloire de Dieu, ou pour le bien du prochain. C'était un argument puissant ; la comtesse en profita. Alors, soit par une de ces ententes tacites, de ces complaisances voilées, où excelle quiconque porte un habit ecclésiastique, soit simplement par l'effet d'une intelligence heureuse, d'une secourable bêtise, la vieille religieuse apporta à la conspiration un formidable appui. On la croyait timide, elle se montra hardie, verbeuse, violente. Celle-là n'était pas troublée par les tâtonnements de la casuistique ; sa doctrine semblait une barre de fer; sa foi n'hésitait jamais ; sa conscience n'avait point de scrupules. Elle trouvait tout simple le sacrifice d'Abraham, car elle aurait immédiatement tué père et mère sur un ordre venu d'en haut ; et rien, à son avis, ne pouvait déplaire au Seigneur quand l'intention était louable. La comtesse, mettant à profit l'autorité sacrée de sa complice inattendue, lui fit faire comme une paraphrase édifiante de cet axiome de morale : « La fin justifie les moyens. »

Elle l'interrogeait.

« Alors, ma sœur, vous pensez que Dieu accepte toutes les voies, et pardonne le fait quand le motif est pur ?

Qui pourrait en douter, madame ? Une action blâmable en soi devient souvent méritoire par la pensée qui l'inspire. »

Et elles continuaient ainsi, démêlant les volontés de Dieu, prévoyant ses décisions, le faisant s'intéresser à des choses qui, vraiment, ne le regardaient guère.

Tout cela était enveloppé, habile, discret. Mais chaque parole de la sainte fille en cornette faisait brèche dans la résistance indignée de la courtisane. Puis, la conversation se détournant un peu, la femme aux chapelets pendants parla des maisons de son ordre, de sa supérieure, d'elle-même et de sa mignonne voisine, la chère sœur Saint-Nicéphore. On les avait demandées au Havre pour soigner dans les hôpitaux des centaines de soldats atteints de la petite vérole. Elle les dépeignit, ces misérables, détailla leur maladie. Et tandis qu'elles étaient arrêtées en route par les caprices de ce Prussien, un grand nombre de Français pouvaient mourir qu'elles auraient sauvés peut-être ! C'était sa spécialité, à elle, de soigner les militaires ; elle avait été en Crimée, en Italie, en Autriche, et, racontant ses campagnes, elle se révéla tout à coup une de ces religieuses à tambours et à trompettes qui semblent faites pour suivre les camps, ramasser des blessés dans les remous des batailles, et, mieux qu'un chef, dompter d'un mot les grands soudards indisciplinés ; une vraie bonne sœur Ran-tan-plan dont la figure ravagée, crevée de trous sans nombre, paraissait une image des dévastations de la guerre.

Personne ne dit rien après elle, tant l'effet semblait excellent.

❑ Une structure mixte

Cet extrait apparaît comme une séquence à dominante argumentative insérée dans un récit. Il expose une stratégie argumentative ; les deux modes d'énonciation, narrative et discursive, ne sont pas séparés. En effet, dans le même texte, Maupassant raconte des événements de la vie des personnages, selon le déroulement d'une histoire, et des situations discursives ayant comme modèle de base le schéma question-réponse. Nous pouvons dire qu'il met en scène une argumentation.

Nous pouvons remarquer plusieurs séquences, certaines à dominante narrative, d'autres à dominante argumentative. Nous distinguerons trois étapes :

– ligne 1 - 29 : la préparation du terrain (le récit d'une stratégie) ;

– ligne 30 - 41 : le statu quo (la narration d'événements se déroulant dans une période précise et instaurant un climat psychologique) ;

– ligne 42 - 101 : l'argumentation décisive (passage essentiellement argumentatif).

Les caractéristiques du récit étudiées dans le chapitre II peuvent s'appliquer à ce texte ; notons simplement que c'est au cœur du processus de transformation qu'intervient ce passage ; son rôle est fondamental. C'est le discours qui va créer une modification de la situation.

❑ Les marques de la narration

Le schéma narratif pouvant être facilement reconstitué, nous nous contenterons d'apporter des précisions quant aux marques textuelles habituellement accordées au texte narratif.

• Le temps de la narration

Les temps

Le passé simple et l'imparfait sont les temps traditionnellement utilisés dans le récit. On rapporte les faits du passé. Le passé simple, en effet, n'est généralement pas employé dans le discours. Ne s'opposant pas du point de vue de la temporalité, puisqu'ils font tous deux référence au passé, le passé simple et l'imparfait, constamment employés dans le texte, s'opposent ici du point de vue de l'aspect. Le passé simple, limitatif, envisage nettement les limites temporelles de l'argumentation des bourgeois. Il s'agit bien ici du récit d'une argumentation qui est donc terminée. Les passés simples sont nombreux, surtout dans les deux premières parties, pour introduire le discours : « on commença » (l. 1), « ce fut » (l. 1), « on cita » (l. 3), « se déroula » (l. 7), « on parla » (I. 16) ; dans la troisième partie, « Loiseau eut » (l. 42), « la vieille religieuse apporta » (l. 57). Mais il y a aussi, certaines fois, insistance sur le déroulement de ce procès par l'emploi de verbes imperfectifs (dont le sens indique une durée) comme « déroula » ou « parla ». L'imparfait, lui, non limitatif, puisqu'on ne sait quand les choses commencent ni quand elles se terminent, est davantage employé, surtout dans la troisième partie, pour insister sur la durée des effets produits par le discours et les sentiments éprouvés : « où parfois éclatait un enthousiasme » (l. 22), « on la croyait » (l. 59), « elle l'interrogeait » (l. 69), « chaque parole ... faisait brèche » (l. 79), « l'effet semblait excellent » (l. 100). Il est également employé dans le récit de la sœur pour signaler l'importance de l'effet duratif de certaines situations : « elles étaient arrêtées » (l. 87).

Repères

LES TYPES DE TEXTES

Les textes peuvent être classés en différentes catégories, selon des principes d'énonciation et d'organisation. On distingue en général quatre types de textes :

– le *texte narratif*, qui rapporte des faits vécus par des personnes, se déroulant dans une durée pendant laquelle s'opère un processus de transformation ; l'auteur emploie souvent l'imparfait, le passé simple ou le présent de narration ; les indications temporelles sont fréquentes. On parle de « déroulement narratif » ;

– le *texte descriptif*, qui présente la description d'un espace, d'un objet ou d'un être. L'appartenance au même champ lexical est fréquemment l'un des principes organisateurs de la description. Celle-ci interrompt souvent la narration. On parle de « développement descriptif ».

Ces deux types de textes ont en commun de présenter en général des éléments concrets.

– le *texte argumentatif*, qui dégage une interprétation des faits, ne se situe ni dans le temps ni dans l'espace, mais dans le domaine de la pensée. Il cherche à convaincre ou à influencer le lecteur. L'organisation générale est la présentation d'une thèse soutenue par des arguments et des exemples : les liens logiques sont fréquents;

– le *texte d'exposition* (ou explicatif), qui transmet des informations ; il est organisé selon la progression de l'information, passe souvent de la théorie à l'exemple.

Ces deux types de textes ont en commun de présenter des éléments du domaine de la pensée abstraite.

Séquences, dominante et intention

L'intérêt d'une typologie est de répertorier certains traits typiques de tel ou tel discours, de le reconnaître. Mais s'il existe des textes types, il existe tout autant des textes où se succèdent des passages narratifs et d'autres descriptifs ou argumentatifs ; on peut alors parler de séquences textuelles de tel ou tel type dans un texte à dominante de tel autre type. Ainsi *Boule de Suif* est un texte à dominante narrative dans lequel s'insèrent des séquences descriptives et argumentatives.

D'autres textes ont une finalité différente de leurs caractéristiques textuelles : ainsi, dans la publicité, nous rencontrons fréquemment des textes informatifs qui cherchent à convaincre de la valeur de tel ou tel produit.

Les autres marqueurs de temporalité

Nous pouvons distinguer deux types de marqueurs. Ceux qui indiquent le déroulement des événements : « pendant toute l'après-midi » (l. 30), « puis » (l. 80) ; ceux qui ponctuent des événements précis : « aussitôt » (l. 1), « au moment où » (l. 37), « au dîner » (l. 42). Nous constatons qu'il y a évolution du récit dans le temps, mais aussi insistance sur certains moments de la journée : par exemple, le moment des repas, pendant lesquels ont lieu les conversations décisives.

Le temps dans le découpage du texte

Dans la composition du passage, le temps passé à raconter les conversations à table en fait apparaître l'importance : vingt-neuf lignes pour le premier repas, soixante-cinq lignes pour le second ; en revanche, le déroulement de tout l'après-midi n'est décrit que sur quelque six lignes.

• L'organisation des phrases

La construction de certaines phrases est propre au récit et marque une volonté d'expressivité. Nous pouvons noter particulièrement les mises en valeur.

L'inversion du sujet

« Alors se déroula une histoire » (l. 6) : l'inversion met en évidence le caractère laborieux de la conversation ; « où parfois éclatait un enthousiasme voulu propre à exciter l'émulation » (l. 22-23) : il y a ici insistance sur l'aspect théâtral des comportements.

L'emploi des subordonnées relatives

De nombreuses relatives occupent la première partie, intervenant comme récits exemplaires eux-mêmes intégrés dans un récit général. L'antécédent est toujours un personnage féminin ou son histoire : « une histoire fantaisiste [...] où les citoyennes de Rome allaient endormir à Capoue Annibal dans leurs bras » (l. 8-10) ; « on cita toutes les femmes qui ont arrêté des conquérants, fait de leur corps un champ de bataille (l. 11-12) ; « cette Anglaise de grande famille qui s'était laissé inoculer une horrible et contagieuse maladie » (l. 16-18). On retrouve ici une structure en cascade, d'emboîtement de récits dans le récit, assez fréquente dans la narration du conte. Cet aspect narratif est signalé par l'auteur « et tout cela était raconté » (l. 21), comme pour insister sur le caractère rocambolesque de la conversation.

❑ Une argumentation

Dans le passage précédant cet extrait, Maupassant, annonce une stratégie : « chacun convint du rôle qu'il jouerait, des arguments dont il s'appuierait, des manœuvres qu'il devrait exécuter » (p. 53).

• Un processus d'argumentation

Il y a bien ici un agent argumentateur (le groupe des bourgeois) qui veut convaincre un patient argumentataire (Boule de Suif) d'accepter une thèse (la patrie exige de céder à l'officier prussien). Ce processus passe par deux étapes distinctes ; l'extrait choisi comporte en effet deux séquences argumentatives :

– de la ligne 1 à la ligne 29, il s'agit de la préparation du terrain ;

– de la ligne 42 à la ligne 101, il s'agit de convaincre définitivement Boule de Suif.

Repères

L'ARGUMENTATION

1. Qu'est-ce qu'argumenter ?

En règle générale, nous pouvons dire qu'argumenter, c'est chercher à convaincre quelqu'un de la validité ou de l'intérêt d'une idée ; c'est produire un discours destiné à influencer.

Chaïm Perelman dans *La Nouvelle Rhétorique-Traité de l'argumentation* (Vrin/Université de Bruxelles) définit la conduite argumentative comme la mise en œuvre de moyens dont le but est « de provoquer ou d'accroître l'adhésion d'un auditoire aux thèses que l'on présente à son assentiment ».

L'argumentation se développe dans une situation, met en jeu des participants : ceux qui argumentent (les argumentateurs) et ceux pour qui on argumente (les argumentataires). Elle porte sur un objet et recherche l'adhésion à une « thèse » par la mise en œuvre d'« arguments ».

2. Les formes de l'argumentation

L'argumentation peut se présenter sous des formes diverses :

– le texte argumentatif (voir « Les types de textes », Repères, p. 64) qui se caractérise essentiellement par un agencement dynamique de trois éléments (ou circuit argumentatif) : thèse refusée, processus d'argumentation, thèse proposée. Ce type de textes peut revêtir différentes formes : celles d'un dialogue ou d'une démonstration, etc. ;

– mais l'argumentation peut apparaître dans d'autres types de textes : narratif, on raconte une histoire pour prouver quelque chose ; descriptif ou informatif, on présente des faits d'une certaine manière pour convaincre. On parle alors d'« intention argumentative ».

• Les indices d'organisation du texte

Deux types d'indices marquent ici le processus d'argumentation.

La disposition typographique met en évidence trois paragraphes plus longs que les autres et qui représentent chacun une étape de l'argumentaire : les approches (l. 1-15) ; premier argument de la sœur et de la comtesse (l. 42-68) ; deuxième argument de la sœur (l. 78-99). Cette disposition signale l'existence d'une argumentation par paliers successifs, progressant depuis les arguments les moins forts jusqu'aux plus efficaces (voir l'étude de ces passages dans la deuxième partie, p. 71 et suiv.). Nous pouvons remarquer également que la segmentation du texte est moins fréquente dans les passages argumentatifs, chacun conservant ainsi son unité, que dans les passages de description ou de commentaire.

Les termes connecteurs : Quelques connecteurs grammaticaux apparaissent dans le texte, marquant une structure argumentative : « d'abord » (l. 2), « puis » (l. 3), qui ont, d'une part une valeur temporelle, indiquant les phases de déroulement du récit dans le temps, et d'autre part un rôle d'organisation du raisonnement, faisant nettement apparaître la volonté stratégique des locuteurs. D'autres termes, comme « or » (l. 48), « mais » (l. 49), « car » (l. 63) mettent en évidence des explicitations, ou des oppositions. Apparaissent aussi quelques expressions signalant les conséquences du raisonnement : « on aurait pu croire que » (l. 24), « chaque parole [...] faisait brèche » (l. 78-79).

• Les indices lexicaux

Le vocabulaire employé signale qu'il y a argumentation. Certains termes appartiennent au champ lexical de l'argumentation, en tant que domaine référentiel : « un argument » (l. 52), « l'effet » (l. 100), « des exemples » (l. 43), « la fin », « justifie », « moyens » (l. 68). Quelques verbes indiquent que le locuteur fait appel aux capacités de réflexion de l'allocutaire : « réfléchir » (l. 30), « pensez » (l. 70). Certains termes sont porteurs d'un jugement de valeur et donc de prise de position : les uns sont valorisants, comme « caresses héroïques » (l. 14), « dévouement » (l. 15), « gloire », « bien » (l. 51), « méritoire » (l. 73) ; d'autres sont dévalorisants, comme « servilités » (l. 6), « mademoiselle » (l. 32).

Ces indices permettent d'identifier un raisonnement par étapes, structuré autour d'un objectif visant à valoriser ou à dévaloriser certains actes et certains personnages. Ils ne sont cependant que la « surface » du texte permettant au lecteur de formuler des hypothèses de lecture ; ces hypothèses sont à compléter par une étude plus approfondie de la stratégie argumentative.

VI. LA STRATÉGIE ARGUMENTATIVE

En nous fondant sur la définition de l'argumentation donnée précédemment, nous étudierons donc, dans le texte cité p. 63, les questions suivantes :

– la situation d'argumentation ;

– le processus d'argumentation (fonctionnement du circuit argumentatif, thèse, arguments, exemples) ;

– les interactions entre personnages ;

– l'importance de l'implicite (voir chapitre VII).

La situation d'argumentation

• Le contexte

Le contexte est celui de la défaite des Français dans la guerre, la fuite du groupe mis en scène dans l'histoire et l' « incident » qui les empêche de continuer leur chemin. Les protagonistes sont donc en difficulté, et ils envisagent la dernière solution possible pour partir ; toutes les solutions « honnêtes » ont été essayées (demande insistante auprès de l'officier allemand) ou repoussées (la fuite à pied est jugée impossible). Le sort du groupe se joue donc dans l'issue de cette argumentation, puisque la seule manière d'être libéré est de convaincre Boule de Suif de céder à l'officier. Il s'agit donc d'un *passage clef* dont dépend l'évolution de l'histoire ; c'est en même temps un aboutissement conforme à la capitulation générale évoquée par Maupassant.

Les références à la guerre sont constantes dans le discours des protagonistes (voir à ce sujet l'étude du thème dans le chapitre III).

• La mise en scène du passage

La position des personnages

Nous ne reprendrons pas ici l'étude des personnages qui se trouve dans le chapitre IV ; rappelons seulement les deux points suivants : les *sujets argumentateurs* ont une position sociale élevée ; Boule de Suif, femme publique, exclue, déchue, sans culture ni « éducation » est en position de faiblesse, socialement réprouvée.

Un groupe soudé et une personne isolée

Certes, au départ, les trois couples de « notables »ne s'entendaient pas vraiment, mais il y a formation d'un bloc contre Cornudet et Boule de Suif, lors du voyage en diligence. Maupassant insiste sur l'alliance des femmes qui sont les plus actives dans l'argumentation : « elles devaient faire, leur semblait-il, comme un faisceau de leurs dignités d'épouses en face de cette vendue sans vergogne » (p. 26-27). Ce groupe désigne Boule de Suif non comme une personne avec qui discuter d'égale à égale, mais comme une cible à abattre qu'il méprise totalement.

Face à cette coalition, Boule de Suif est isolée. Seule depuis que Cornudet, l'unique exclu qui aurait pu se rallier éventuellement à sa cause, a décidé de ne pas prendre parti dans l'histoire : « Cornudet cependant restait à l'écart, complètement étranger à cette affaire » (p. 53). Nous sommes presque certains que Cornudet n'aidera pas Boule de Suif, au moins pour deux raisons : d'une part, parce qu'il est vexé que la jeune femme ne lui ait pas accordé ses charmes (p. 41), d'autre part, et peut-être plus profondément, en raison de sa position politique ; en tant que républicain et démocrate, il oppose aux bourgeois un discours idéologique « révolutionnaire » ; Boule de Suif, elle, reste attachée à la bourgeoisie.

Entre les deux groupes, les religieuses n'ont pas pris position. Nul doute cependant qu'elles ne peuvent que réprouver la prostitution. Mais si elles ont toutes les raisons pour condamner une prostituée, elles peuvent aussi chercher à la protéger contre une nouvelle tentation. Leur position semble donc, au départ, non déterminée.

Nous nous retrouvons ainsi dans le schéma classique de certaines situations d'argumentation : un groupe qui cherche à convaincre une personne isolée, des indécis qu'il s'agit de rallier. Il n'est pas exclu, au départ, que la prostituée l'emporte, si elle sait rallier les indécis.

Le choix de l'argumentation

Si Boule de Suif apparaît sur de nombreux plans en position de faiblesse, l'obligation d'argumenter face à elle prouve qu'elle est un personnage à ménager, que sa position est déterminante. Rester ou partir, tout dépend d'elle, de son attitude envers l'officier prussien. Le choix de la force a été repoussé précédemment : « Loiseau, furibond, voulait livrer cette misérable » pieds et poings liés à l'ennemi. Mais le comte, issu de trois générations d'ambassadeurs, et doué d'un physique de diplomate, était partisan de l'habileté : « il faudrait la décider, dit-il ». Il s'agit donc bien ici de *transformer le rôle de patient-argumentataire en agent actif qui modifie ses convictions*. D'une part parce que l'emploi de la force risque de bloquer l'héroïne sur ses positions, d'autre part parce que la persuasion la rend responsable de sa décision.

Cette situation d'argumentation a une influence sur le mode d'argumentation choisi. Il faut convaincre, persuader, ne pas employer la force, y compris dans le discours.

La conversation à table

Le choix du lieu où est menée l'argumentation est important. Il permet aux argumentations de mieux dominer la situation. Le texte ne nous donne pas d'indications détaillées, mais celles dont nous disposons sont suffisantes pour le montrer. La conversation se déroule à table : « aussitôt à table »(1.1), « au moment où l'on servit le potage » (1.37), « mais au dîner » (1.42). Les autres lieux ne sont jamais mentionnés. Le choix de la table n'est pas surprenant. Elle est l'endroit privilégié des conversations, et nous nous trouvons ici dans une auberge. Cependant, la conversation aurait pu tout aussi bien se dérouler dans un salon.

Nous pouvons donc émettre plusieurs hypothèses :

– la table est le lieu obligatoire de rencontre ; on peut ne pas aller au salon, en revanche, il faut manger ;

– l'officier prussien fait à chaque fois intervenir l'aubergiste, quand tout le monde est prêt à se mettre à table . Boule de Suif est donc « réceptive » à ce moment-là, et même souvent troublée : « elle se troubla » (p. 37), « elle eut un étouffement de colère » (p. 47) ;

– Boule de Suif est, depuis le début du conte, comparée à de la nourriture (voir son portrait, p. 26). À table, elle est donc prête pour être mangée ;

– mais surtout, la table favorise les conversations à bâtons rompus auxquelles les argumentateurs sont habitués; elle favorise également les discussions collectives qui ne s'adressent à personne en particulier, qui sont entendues de tous ; or Boule de Suif – c'est la stratégie employée – doit entendre, sans pour autant que l'on s'adresse directement à elle.

Le groupe qui argumente se trouve ainsi en meilleure position de départ que l'argumentataire, mais il ne peut utiliser la force et doit convaincre celle-ci. Le but est d'inciter Boule de Suif à accomplir d'elle-même un acte qu'elle réprouve. Elle est donc seule à décider de l'issue. L'enjeu principal est de manœuvrer pour faire accepter à la jeune femme une thèse inacceptable. Mais personne ne peut justifier ce sacrifice sans remettre en cause les valeurs patriotiques et morales que chacun est censé défendre. La stratégie argumentaire doit être particulièrement habile.

L'agencement de l'argumentation

L'étude de la thèse et des arguments n'est pas facile dans ce texte, dans la mesure où rien n'est dit clairement et ouvertement. La thèse n'est pas énoncée, et les arguments ne sont pas toujours faciles à identifier.

• L'absence d'énonciation de la thèse

Ni l'objectif ni la thèse défendue ne sont connus de l'argumentataire. Seul le lecteur et les argumentateurs sont au courant de l'objectif poursuivi, puisqu'il a été annoncé au préalable par le comte : « il faudrait la décider » (p. 52). On connaît donc le but poursuivi, mais non la thèse qui sous-tend la stratégie discursive. On assiste ici à une sorte de processus d'argumentation inversé : exemples et arguments précèdent l'énonciation de la thèse qui n'est avancée qu'après ce passage argumentatif. C'est ensuite, en effet, que le comte, prenant Boule de Suif à part, fait la déclaration suivante : « Donc vous préférez nous laisser ici, exposés comme vous-même à toutes les violences qui suivraient un échec des troupes prussiennes, plutôt que de consentir à une de ces complaisances que vous avez eues si souvent dans votre vie ? » (p. 57). Encore que... la thèse ne soit pas directement énoncée ici, puisque le comte critique d'abord la position de Boule de Suif pour ensuite avancer ce qu'elle pourrait faire. Admettons donc que, de ce passage, le lecteur puisse *a posteriori* déduire la thèse sous-tendant le passage argumentatif étudié. Nous pourrions alors la formuler comme suit : « Consentir à une complaisance envers l'officier prussien est moins grave que de nous laisser bloquer ici. » En tout état de cause, cette thèse n'est pas énoncée dans le passage étudié.

Nous pouvons avancer deux raisons justifiant cette absence. Premièrement, cette thèse n'est pas recevable sous cette forme par l'héroïne. Celle-ci s'est affirmée comme patriote, a déjà refusé l'officier plusieurs fois ; elle se sentirait humiliée, provoquée, et cela l'inciterait donc à refuser. Deuxièmement, si cette thèse était avancée ouvertement, elle pourrait être soumise à discussion, et il ne serait pas facile de justifier le sacrifice de Boule de Suif au profit d'intérêts personnels. À coup sûr, les bourgeois ne veulent pas argumenter sur ce terrain.

Nous pouvons en conclure que le fait de ne pas avancer de thèse permet de choisir plus facilement un terrain d'argumentation favorable et, surtout, d'argumenter sans en avoir l'air, sans se présenter comme argumentateur. La méthode utilisée ensuite le prouve :

– une première étape d'argumentation (l. 1-26) ne présente même pas à proprement parler d'arguments ; elle est essentiellement fondée sur des exemples ;

– une seconde étape (l. 45-99) est plus clairement développée sous une forme argumentative, réalisant une progression vers l'énonciation future de la thèse.

• La première étape de l'argumentation

Dans cette étape, nous observons une inversion du schéma classique de l'argumentation. La présentation d'exemples n'est pas précédée de l'énonciation d'arguments. C'est l'auteur qui fait pour le lecteur une récapitulation du sens possible des exemples utilisés : « On aurait pu croire, à la fin, que le seul rôle de la femme, ici-bas, était un perpétuel sacrifice de sa personne, un abandon continu aux caprices des soldatesques » (l. 24-26). On peut donc admettre cette déclaration comme argument.

La technique de l'exemple

Le terme *exemple* peut être pris ici dans ses deux sens: illustration de l'argument, mais aussi modèle à suivre, « exemplarité ». L'argumentation par le modèle utilise la « valeur » de certaines personnes comme argument. Cette valeur constitue la prémisse dont il faut conclure un comportement particulier. Nous pouvons constater qu'effectivement les personnages choisis sont soit célèbres pour leur courage ou leur rôle historique, soit plus communs mais présentés comme étant particulièrement héroïques. L'agencement de ces exemples est particulièrement important dans l'argumentation : ils sont organisés selon un système d'extension et de proximité qui renforce leur portée argumentative.

Sont d'abord cités des exemples individuels : deux fois de suite, des couples d'individus, Judith/Holopherne, Lucrèce/Sextus[1], puis un individu, « Cléopâtre » (singulier), mis en rapport avec un groupe, « tous les généraux ennemis » (pluriel collectif).

Puis, deux groupes mis en relation avec deux autres groupes, « les citoyennes de Rome/Annibal, ses lieutenants, ses phalanges » (des pluriels définis), puis enfin un groupe, « toutes les femmes » (pluriel défini), en rapport avec un groupe non précisé, « des conquérants » (pluriel indéfini). Nous passons d'un premier groupe d'exemples individualisés (personnes célèbres) à un exemple collectif et donc plus facilement généralisable. Cette généralisation progressive permet à toute femme de se sentir concernée. Si Boule de Suif se sent assez éloignée de Cléopâtre, elle peut en revanche s'identifier davantage aux citoyennes.

Les exemples anciens n'ont aucun rapport entre eux, si ce n'est leur situation dans le temps, l'Antiquité. Choisis dans l'histoire juive ou romaine, ils doivent sembler bien lointains à Boule de Suif, mais peut-être ont-ils pour elle le prestige du passé et de l'inconnu ; nous pouvons cependant trouver ce choix assez maladroit de la part de bourgeois qui font référence à leur propre culture, sans se

1. Judith est une héroïne juive (au IIe siècle av. J.-C.) qui, pour sauver la ville de Béthulie, séduisit le général assyrien Holopherne et lui coupa la tête. Lucrèce est une dame romaine qui, déshonorée par Sextus, fils de Tarquin le Superbe, se suicida (v.509 av.J.-C.). Ce drame provoqua le renversement de la royauté à Rome.

soucier de celle de Boule de Suif. N'oublions pas cependant qu'ils discutent entre eux et ne prétendent pas s'adresser à la prostituée. Le dernier exemple, lui, est plus proche de Boule de Suif dans le temps, puisqu'il se situe au XIXe siècle. Il est cependant peut probable que l'héroïne se sente proche de ce personnage d' « Anglaise de grande famille ».

Un procédé pour susciter l'enthousiasme est celui de l'*emphase*. Nous ne pouvons aller jusqu'à qualifier d'emphatique le développement des exemples choisis, mais nous pouvons quand même noter l'amplification des exemples par l'expansion des phrases. Nous passons en effet de simples noms propres, « Judith, Holopherne », à des groupes nominaux, « généraux ennemis, citoyennes de Rome » (GN[1]+ expression), puis, au nom suivi d'une subordonnée relative, « cette Anglaise qui... ». La longueur des groupements augmente : nous passons de quelques mots à plusieurs lignes (trois mots pour le premier exemple, quarante pour le dernier).

Les exemples sont donc construits et agencés de manière à inciter Boule de Suif à les suivre, sans qu'aucune règle ne soit énoncée.

Par ailleurs, les bourgeois cherchent à « susciter l'enthousiasme » envers ces femmes qui se sacrifient, par des procédés de mise en valeur.

La technique de mise en valeur

Il faut inciter Boule de Suif à suivre ces exemples : il faut également l'enthousiasmer. L'émotion aide à convaincre. Ce sont surtout les mises en valeur, nombreuses dans cette page, qui marquent cette volonté d'enthousiasmer Boule de Suif.

Les *termes valorisants* servent à décrire l'acte que les bourgeois veulent obtenir de la prostituée. L'emploi des mots « sacrifice », « sacrifier » et « dévouement » sont

1. GN : groupe nominal.

ici remarquables : « dévouement » (l. 2 et 15), « caresses héroïques » (l. 14), « sacrifier » (l. 15), « perpétuel sacrifice » (l. 25). L'acte proposé n'est plus une infamie, mais devient un don de soi, un sacrifice à la patrie.

Les *hyperboles* et les *exagérations* portent sur les personnages et les faits. Elles valorisent en retour l'exploit réalisé par ces femmes héroïques : « tous les généraux ennemis » (l. 5), « sauvé miraculeusement » (l. 19) « Annibal [...] ses lieutenants [...] les phalanges de ses mercenaires » (l. 9-11).

Nous pouvons également remarquer plusieurs types de contrastes : notamment ceux qui servent à accentuer l'effet de l'acte valorisé, par exemple, l'opposition « caresses héroïques/êtres hideux ou détestés ». Constater que l'on éprouve de la répulsion pour l'être à qui l'on prodigue les caresses met en valeur la domination de soi. D'autres oppositions comme « généraux/esclaves » ou associations comme « corps/champs de bataille » indiquent la supériorité envers l'ennemi qu'assure le sacrifice de son corps, le sentiment de puissance qu'il peut apporter. L'association du sacrifice-dévouement et de la vengeance (l. 15) confèrent une dimension collective, publique, au don du corps. D'autres contrastes portent davantage sur les personnages, insistant sur le courage des femmes qui se mettent volontairement dans des situations scabreuses pour remplir leur devoir : « cette Anglaise de grande famille », « horrible et contagieuse maladie » (l. 16-18) : contraste entre la noblesse du personnage et la bassesse de la maladie.

L'ensemble de ces mises en valeur sert à démontrer à la prostituée que le sacrifice se justifie.

L'actualisation des exemples

Tous les exemples sont choisis dans le registre de l'*héroïsme patriotique*, qui fait référence à la situation de Boule de Suif (les rapports entre une femme patriote et un officier ennemi). On cherche à prouver que ces femmes ont infléchi le cours de l'histoire grâce à leur dévouement, bref, qu'elles ont mené la guerre à leur manière. « On cita toutes les femmes qui ont arrêté des conquérants » (l. 11-12). Ces exemples interpellent Boule de Suif pour qu'elle fasse partie de ce groupe de femmes, pour qu'éventuellement elle fasse mieux que certaines : « un enthousiasme voulu propre à exciter l'émulation » (l. 22-23).

L'auteur accentue le thème de la bataille en utilisant des métaphores assimilant le corps à un lieu ou à un instrument de guerre, « un champ de bataille » (l. 12), « une arme » (l. 13). Déjà,la prostituée est censée utiliser son corps pour vivre, maintenant, elle peut l'employer à une tâche glorieuse. Elle peut gagner une bataille, au même titre que l'armée. Ce thème de la prostituée menant la guerre par d'autres moyens est repris par Maupassant dans *Le Lit 29* où l'héroïne tue davantage de Prussiens que certains soldats, en les infectant par la syphilis

• La seconde étape de l'argumentation

Elle se fonde sur la religion et est menée par la comtesse et la plus âgée des religieuses (l. 45-77). « Dieu accepte toutes les voies, et pardonne le fait quand le motif est pur » (l. 70-71). Cette étape de l'argumentation apparaît comme complémentaire de la précédente et, en même temps, comme un réajustement pour mieux correspondre aux convictions morales de Boule de Suif. En effet, l'argumentation par les exemples d'héroïnes guerrières qui se sacrifient ne peut totalement convaincre une femme qui ne recherche ni la gloire ni la victoire. Boule de Suif apparaît comme un personnage trop prosaïque et trop simple pour rechercher l'une ou l'autre. En revanche, elle est sensible à la religion ; la scène du récit du baptême nous le rappelle : « C'est si bon de prier quelquefois » (p. 53).

La seconde étape d'argumentation se déroule en deux temps :

– une première série d'argumentation indiquant que Dieu pardonnerait cet acte héroïque (l. 45-74) ;

– une seconde série d'arguments unissant le thème religieux et le thème de la guerre, celui de la mission de la religieuse (l. 80-99).

La structure de la première partie

La première partie (l. 45-74) comprend plusieurs étapes. Deux premiers arguments sont illustrés d'exemples :

– l'un de *finalité* fait appel à la cause finale : « [...] l'Église absout sans peine ces forfaits quant ils sont accomplis pour la gloire de Dieu » (l. 50-51). L'exemple donné est celui des crimes commis par les saints ;

– l'autre d'intention « [...] rien, à son avis, ne pouvait déplaire au Seigneur quant l'intention était louable » (l. 64-65). Les exemples choisis sont le sacrifice d'Abraham (exemple du passé) et la possibilité de tuer son père et sa mère (projection dans l'avenir, inverse de la précédente).

Ce type de raisonnement relève de la casuistique (c'est-à-dire de l'étude de cas de conscience) et même de la casuistique jésuite, telle que Pascal l'a dénoncée[1].

L'*argument de fond* est énoncé sous *différentes formes* : la formule du narrateur, « la fin justifie les moyens » (l. 68), claire et significative est exposée sous d'autres formes par les personnages. « Dieu accepte toutes les voies, et pardonne le fait quand le motif est pur » (l. 70-71) : c'est la formulation de la comtesse ; « une action blâmable en soi devient souvent méritoire par la pensée qui l'inspire » (l. 72-74) ; c'est la formulation de

1. Dans le recueil de dix-huit lettres des *Provinciales* (1656-1657), Pascal dénonce les procédés de la casuistique jésuite (lettres V-XVI). On entend par *casuistique* la partie de la théologie morale qui concerne les cas de conscience.

la religieuse. En fait, il s'agit toujours du même raisonnement fondé sur la casuistique et formulé de différentes manières.

L'utilisation de la paraphrase

Le même argument est repris dans ce passage sous cinq formulations différentes. Les argumentateurs, dépourvus d'idées, exploitent au mieux celle qui leur vient à l'esprit, et l'évolution des formulations permet de rendre l'argument plus sensible à Boule de Suif ; il s'agit de lui faire percevoir toutes les facettes, tous les avantages.

L'évolution des formulations

Chaque formulation a une spécificité qui lui confère une valeur argumentative propre.

Les deux premières formulations se rappochent par leur forme syntaxique : proposition principale + subordonnée introduite par un « quand » à valeur conditionnelle. La première, « l'Église absout sans peine ces forfaits quand ils sont accomplis pour la gloire de Dieu ou pour le bien du prochain » (l. 50-52) indique la puissance du pouvoir ecclésiastique qui peut, au nom de Dieu, décider du pardon. Or les religieuses sont les représentants de cet ordre ; cette formulation permet donc d'asseoir leur autorité. Le terme « forfait » forme contraste avec l'idée d'absolution qu'il met en valeur. L'alternative « gloire de Dieu/bien du prochain » associe au contexte religieux, qui n'est pas adapté à la situation, un objectif plus humain. Cette formulation permet donc à Boule de Suif de se rassurer sur l'absolution de son crime éventuel, à la condition, bien sûr, que l'acte commis le soit pour le bien du prochain. Nous pouvons déceler dans cette expression une *fonction programmative* (qui « programme », annonce ou préfigure une étape ultérieure du texte). Elle annonce l'étape suivante de l'argumentation (l. 78-99) où la religieuse justifie son besoin de quitter l'auberge par la nécessité de donner les soins aux blessés.

La deuxième formulation est plus générale : « [...] rien, à son avis, ne pouvait déplaire au Seigneur quand l'intention était louable » (l.64-65). L'intention n'est plus associée à un discours religieux, comme c'était le cas quand elle devait se justifier par le bien du prochain. Il suffit ici de vouloir « bien faire » ; il y a donc élargissement du propos. Nous pouvons noter également une gradation dans le choix de celui qui juge l'action. Le premier juge était l'Église ; ici, il s'agit du « Seigneur » ; dans la formulation suivante, on arrive jusqu'à Dieu : il y a donc gradation dans le poids moral et dans l'universalité du jugement.

La troisième formulation est la plus claire et la plus synthétique : « Dieu accepte toutes les voies, et pardonne le fait quand le motif est pur » (l. 70-71). C'est aussi la plus forte, puisqu'elle indique le poids de Dieu. Elle se détache des deux premières par une forme syntaxique différente, ayant plus d'ampleur : les deux propositions coordonnées par « et » (la deuxième étant construite comme celles des précédentes avec l'adverbe « quand » à valeur de condition) mettent en évidence les deux pouvoirs de Dieu, de jugement et d'absolution : « accepte » et « pardonne ». Il y a également généralisation des possibilités offertes : « toutes les voies ».

La dernière formulation, « une action blâmable en soi devient souvent méritoire par la pensée qui l'inspire » (l. 72-74), est plus générale encore et apparaît comme un prolongement des précédentes. Le champ du jugement est élargi (ni Dieu ni Seigneur) et redevient humain, et une possibilité de transformation est offerte, donc une issue : l'action blâmable devient « méritoire ». La distinction entre *action* et *intention* autorise à justifier davantage de faits.

Ces quatre formulations de même argument fondé sur l'intention permettent ainsi de passer de la « vie des saints » à celle de Boule de Suif, selon une logique qui paraît évidente. Chaque nouvelle formulation opère un glissement qui permet de se rapprocher de la situation de la jeune femme : ainsi elle se sent davantage concernée. Nous constatons également, dans ce passage, si nous le comparons à la première partie de l'argumentation, un très net gommage des exemples, évasifs, à peine esquissés pour certains (l. 48, 62-64, 65), au profit de l'argument. L'argumentation par l'exemple, du particulier au particulier, est ici complétée par une argumentation plus générale, qui se présente davantage comme un discours argumentatif.

Le deuxième type d'arguments

Le passage des lignes 80-99 relève d'un type particulier d'argumentation. La religieuse la plus âgée argumente non plus en faveur du sacrifice, mais d'une part pour placer son personnage et son rôle au-dessus des bassesses humaines – elle se campe en héroïne au service de Dieu et de la patrie – , d'autre part pour culpabiliser Boule de Suif.

Certains arguments (arguments d'*autorité*) sont renforcés par la personnalité et le prestige de la personne qui argumente. La sœur cherche ici à influencer Boule de Suif par son prestige personnel, en évoquant sa mission patriotique et religieuse. Les termes « chapelets », « ordre », « supérieure » (l. 81-82) rappellent sa position et son rôle religieux. L'évocation insistante de l'existence des blessés et de la guerre, « soigner », « hôpitaux », « petite vérole », « misérables », « maladie », la présente dans son rôle de bienfaitrice et de salvatrice. Ce portrait s'achève sur une description (l. 90-97). La religieuse dresse un bilan particulièrement précis de son expérience, « en Crimée, en Italie, en Autriche », « racontant ses campagnes » ; elle affirme son autorité : « dompter d'un mot les grands soudards indisciplinés ». Ce portrait de sœur infirmière autoritaire, totalement dévouée à la cause, symbole d'une fermeté destinée à impressionner, est saisissant.

En contraste avec cette autovalorisation d'elle-même, la sœur procède à la culpabilisation de Boule de Suif par accusation indirecte.

En discordance par rapport à sa propre mise en valeur, la religieuse *accuse* violemment l'officier prussien de la gêner dans sa glorieuse tâche : [...] «elles étaient arrêtées en route par les caprices de ce Prussien » (l. 88). Certes, il n'est apparemment pas question de Boule de Suif dans cette phrase, mais celle-ci est forcément concernée par la résolution du problème. C'est ici que se précise la notion de « bien du prochain » : il s'agit de permettre aux religieuses de repartir.

La fonction conative (d'appel au destinataire) de ce passage apparaît nettement. Il faut ici, non seulement impressionner Boule de Suif, mais aussi ébranler sa volonté. La religieuse s'engage très fortement dans la description de ses tâches et s'efforce de faire pression sur la jeune femme. Les exclamations, redondances, « c'était sa spécialité, à elle » (l. 90), l'hyperbole, « des centaines de soldats » (l. 85), l'emploi de termes dépréciatifs, « caprices », donnent un accent d'émotion au discours qui vise à troubler Boule de Suif.

Ainsi ce portrait de la sœur fait par elle-même sert d'argument pour la distinguer des « bourgeois » auxquels elle se rallie ; alors que ceux-ci protègent leurs intérêts personnels, elle n'agit que pour le bien de l'humanité. Par ailleurs, son discours peut permettre à Boule de Suif de donner un sens patriotique et religieux à son sacrifice.

Quels arguments Boule de Suif peut-elle bien opposer à cette coalition ?

❑ L'absence d'antithèse

C'est très net dans le texte, il n'y a pas d'antithèse énoncée. Cette absence est soigneusement soulignée par l'auteur : « Boule de Suif ne disait rien » (l. 28-29). Il n'y a donc argumentation que dans un sens, et les réajustements de cette argumentation sont voulus par les argumentateurs et non pas provoqués par une contre-argumentation. Il n'y a donc pas dans ce texte de « circuit argumentatif » (thèse/antithèse/synthèse).

Nous pouvons certes nous interroger sur les raisons de cette absence et proposer deux explications par le biais des interactions entre personnages et du poids de l'implicite dans le discours.

Les agents de l'argumentation

Les interactions humaines jouent dans ce texte un rôle fondamental. Nous avons déjà examiné quelques aspects de ces interactions dans le chapitre IV, lors de l'étude des personnages. Nous nous pencherons ici sur l'évolution des agents argumentateurs et la transformation de l'élément neutre, les sœurs.

• Le rôle des religieuses

Le retournement de situation est opéré par la prise de position de personnages qui paraissaient neutres auparavant, les sœurs : « les deux bonnes sœurs ne semblaient point entendre, perdues en des pensées profondes » (l. 27-28). La qualité de l'argumentation s'en trouve améliorée. Le changement de position est stimulé et même provoqué par la comtesse, « plus assouplie que les autres aux duplicités des salons » (p. 53), dont l'auteur a déjà souligné l'habilité. Deux apostrophes signalent cet appel. La première apparaît dans le texte sous une forme narrativisée : « la comtesse [...] interrogea la plus âgée des bonnes sœurs » (l. 45-47) ; la seconde est formulée de manière directe : « Alors, ma sœur, vous pensez que [...] »(l. 70). L'utilisation de la fonction conative du langage indique qu'il y a pression sur la religieuse pour qu'elle prenne ouvertement le parti des bourgeois.

En faisant intervenir la sœur, la comtesse suscite deux phénomènes. D'une part, elle permet le développement de l'argument religieux et le sentiment de culpabilité de Boule de Suif ; d'autre part, elle ouvre pour la prostituée la possibilité de se valoriser en sauvant ses semblables. La fin de la nouvelle prouvera combien cette croyance est illusoire. Nous constatons donc ici que le changement d'argumentateur transforme le contenu du discours.

Par ailleurs, cette prise de position inattendue fait basculer totalement le rapport de forces en faveur du groupe des bourgeois. Face au renforcement de la coalition, Boule de Suif sera incapable de réagir pour se défendre.

• Le mutisme de Boule de Suif

À aucun moment de ce passage, Boule de Suif ne prend la parole pour répondre.

Après la première phase d'argumentation, l'absence de réponse est clairement signalée : « Boule de Suif ne disait rien » (l. 28-29). Cette réaction, difficile à interpréter, ne correspond pas à l'attitude bavarde et gaie qu'elle avait en revenant du baptême, à sa volonté de se lier aux bourgeois, par exemple quand elle partageait ses victuailles.

En tout cas, Boule de Suif n'a pas changé de position, jusqu'à la nouvelle proposition du Prussien ; elle refuse à nouveau de céder : « Boule de Suif répondit sèchement : « Non, monsieur » (l. 41). Mais ce refus n'est pas aussi violent que celui qui l'avait précédé. En effet, à la même question, « l'officier prussien fait demander à Mlle Élisabeth Rousset si elle n'a point encore changé d'avis », elle avait répondu auparavant de manière violente, grossière et catégorique : « Vous lui direz à cette crapule, à ce saligaud, à cette charogne de Prussien, que jamais je ne voudrai ; vous entendez bien, jamais, jamais, jamais » (p. 47). Boule de Suif est beaucoup moins catégorique après les « approches » des argumentateurs. Elle se contente de répondre sèchement. Le lecteur ne peut qu'interpréter et penser qu'elle ne souhaite pas afficher la même colère que précédemment et qu'elle ne trouve pas d'argument à la hauteur de la situation. Sans doute sa détermination est-elle déjà entamée.

La réaction de Boule de Suif, à la fin de l'argumentation de la religieuse, est rapportée par l'auteur, mais de manière indirecte. Aucune réponse de l'héroïne, mais l'auteur précise : « [...] chaque parole de la sainte fille en cornette faisait brèche dans la résistance indignée de la courtisane » (l.78-80) ; Maupassant indique ainsi l'évolution de la position de la jeune femme ; apparemment, l'argumentation à propos de la grâce de Dieu porte ses fruits. Plus loin, le narrateur précise : [...] l'effet semblait excellent » (l. 100-101). Aucun détail sur les marques de cet effet, mais la réponse viendra plus tard : Boule de Suif choisira « d'elle-même » la solution qu'on lui propose.

Les *interactions* entre personnages sont donc ici importantes, dans la mesure où la prise de position de la religieuse jouera un rôle décisif. Un autre élément entre toutefois en jeu, qui influe sur les rapports entre personnages et sur la nature du discours car il empêche de clarifier la situation : c'est le choix du discours implicite.

VII. L'IMPLICITE

L'usage de l'implicite est fréquent tout au long du texte. Avant d'étudier les procédés utilisés, nous pouvons nous interroger sur les raisons qui ont conduit à l'employer.

❑ Les raisons de l'implicite

Deux raisons apparaissent principalement ici :

– un thème frappé d'interdit : la prostitution et la collaboration avec l'ennemi ;

– le besoin de faire prendre en charge la responsabilité des événements par Boule de Suif.

• Un thème frappé d'interdit

Le problème qu'il faudrait exposer à Boule de Suif est doublement frappé d'interdit :

– un interdit moral et social : le XIXe siècle est une période marquée par le puritanisme, particulièrement dans la bourgeoisie et la petite bourgeoisie. Maupassant signale à plusieurs reprises que les « femmes du monde » sont « bardées de principes » : « Les femmes se serrèrent, le ton de la voix fut baissé [...]. Ces dames surtout trouvaient des délicatesses de tournures, des subtilités d'expression charmantes, pour dire les choses les plus scabreuses. Un étranger n'aurait rien compris, tant les précautions de langage étaient observées » (p. 52). Il n'est donc pas question de parler ouvertement de sexe chez les bourgeois. Mais ils ne sont pas les seuls à censurer ce sujet : les sœurs font systématiquement semblant de ne pas entendre, et Boule de Suif elle-même hésite à en parler : « Non, cela ne vous regarde pas, je ne peux pas parler » (p. 38). Elle ne l'aborde qu'à bout de nerfs.

Ainsi, toute la communauté présente intègre la censure quant aux choses du sexe ;

– *un interdit de circonstance* : les réactions affichées antérieurement ne permettent pas d'aborder le problème ouvertement. Les femmes ont montré une réprobation scandalisée vis-à-vis de la prostituée : « [...] elles devaient faire, leur semblait-il, un faisceau de leurs dignités d'épouses en face de cette vendue sans vergogne » (p. 26). « Les trois femmes mariées ressentaient une grande humiliation d'être ainsi rencontrées par ce soldat, dans la compagnie de cette fille qu'il avait si cavalièrement traitée » (p. 50). Faisant ainsi preuve d'un mépris total pour la situation de Boule de Suif, les femmes ne peuvent pas ensuite recommander ce qu'elles condamnent sans paraître incohérentes.

• La responsabilité de Boule de Suif

La tactique prévue consiste à faire céder Boule de Suif d'elle-même et à se dégager de toute responsabilité dans l'affaire : « il faudrait la décider » (p. 52), dit le comte. À la fin de l'histoire, « il haussa les épaules comme pour dire : " Que voulez-vous, ce n'est pas ma faute " » (p. 64). Grâce à l'implicite, les bourgeois peuvent toujours nier avoir suggéré telle ou telle action ; le responsable est celui qui interprète les paroles.

Repères

L'IMPLICITE

1. *Définition :* Est implicite « ce qui est virtuellement contenu dans une proposition, un fait, sans être formellement exprimé, et peut en être tiré par déduction, induction » (*Le Petit Robert,*

1989). L'implicite, c'est ce que notre vocabulaire courant traduit par les termes d' « arrière-pensée », de « sous-entendu » ou par l'expression « parler à mots couverts ». Dire, par exemple, « je commence à m'impatienter » contient, implicitement l'idée que jusque-là j'étais patient, et que maintenant il y a urgence. Dire « il fait très beau » peut signifier que l'on veut sortir.

2. *Les raisons d'utiliser l'implicite :* Cela permet de dire les choses de façon à pouvoir refuser la responsabilité de l'énonciation, puisque c'est celui qui interprète qui est responsable du sens donné. On peut ainsi parler de thèmes interdits, ou encore empêcher la discussion et la contradiction.

3. *Les formes de l'implicite :* Le linguiste Oswald Ducrot distingue deux formes d'implicite :

– *l'implicite discursif,* introduit de l'extérieur dans le discours : implicite de l'énoncé portant sur le contenu de l'énoncé (p. ex. dire « il fait beau » pour signifier qu'on veut sortir) ; implicite de l'énonciation (p. ex. donner un ordre pour signaler qu'on a ce droit : « Fermez la porte ! »).

Dans *Boule de Suif,* Maupassant utilise un implicite d'énonciation fréquent au théâtre : on fait semblant de s'adresser à une personne, mais en fait le discours vise quelqu'un d'autre. Les bourgeois parlent entre eux, mais en fait s'adressent implicitement à Boule de Suif ;

– *l'implicite non discursif,* les présupposés de l'énoncé ; dire p. ex. que « Pierre a cessé de fumer » sous-entend qu'auparavant il fumait.

Les formes de l'implicite

L'implicite se situe, pour l'essentiel, au niveau de l'énonciation et exige de la part de Boule de Suif qu'elle interprète les discours prononcés.

• Le vrai et les faux destinataires du discours

La conversation ne s'adresse jamais directement à Boule de Suif. Toute l'argumentation est construite pour elle, mais on fait comme si on l'ignorait. La hiérarchie des actants est donc remise en cause. En apparence, le discours s'adresse à la « cantonade » (l. 1-20) ou à la comtesse (l. 48-65), alors que, de fait, il s'adresse à Boule de Suif. Un indice, commenté par Maupassant, permet de dégager cet implicite d'énonciation qui marque la volonté d'influencer Boule de Suif : « [...] parfois éclatait un enthousiasme voulu propre à exciter l'émulation » (l. 22-23). Il est évident que la seule personne qui se trouve dans la situation adéquate pour rivaliser avec les femmes qui se sacrifient est Boule de Suif ; le discours ne peut évidemment s'adresser qu'à elle.

• Le syllogisme implicite

Une partie de l'argumentation de la religieuse se fonde sur un raisonnement qui s'apparente à la logique formelle, mais cette argumentation se présente de façon implicite. Il s'agit du passage portant sur la vie des saints, exemple qui appelle une interprétation de la part de Boule de Suif : « [...] la comtesse [...] interrogea la plus âgée des bonnes sœurs sur les grands faits de la vie des saints. Or, beaucoup avaient commis des actes qui seraient des crimes à nos yeux ; mais l'Église absout sans peine ces forfaits quand ils sont accomplis pour la gloire de Dieu, ou pour le bien du prochain » (l. 45-52).

Le raisonnement est ici de type syllogistique ; le syllogisme[1] est incomplet, la conclusion implicite : nous pouvons reconstituer le raisonnement ainsi :

– *majeure* : beaucoup de saints ont commis des actes qui seraient des crimes à nos yeux ;

– *mineure* : or l'Église absout ces forfaits (sous certaines conditions) ;

– *conclusion* : donc, commettons ces crimes ... (*implicite*).

Le fait de ne pas énoncer la conclusion invite Boule de Suif à la tirer d'elle-même de l'énoncé et à en devenir ainsi responsable. Il s'agit tout simplement d'une manipulation.

• Calcul interprétatif et manipulation

Un certain nombre des paroles prononcées par les argumentateurs exige de la part de Boule de Suif un calcul interprétatif parfois délicat. Outre le passage précédemment cité, nous pouvons relever plusieurs expressions à « interpréter ». C'est le cas des périphrases de la première partie de l'argumentation : « horrible et contagieuse maladie » (l. 17-18), « faiblesse subite » (l. 19) ; la censure vis-à-vis du sexe ne permet pas de parler librement, il faut donc parler de manière « subtile ». Il en est de même pour la phrase (l. 72-74) : « Une action blâmable en soi (désignation indirecte de la prostitution) devient souvent méritoire par la pensée qui l'inspire » (sauver les prochains, par exemple).

Un autre terme, malveillant celui-là, est utilisé par les bourgeois pendant l'après-midi : « [...] au lieu de l'appeler "madame" comme on avait fait jusque là, on lui disait simplement "mademoiselle" » (l. 31-32). Le terme « mademoiselle » est là implicitement pour disqualifier l'allocu-

1. Syllogisme : « opération par laquelle, du rapport de deux termes avec un même troisième, appelé moyen terme, on conclut à leur rapport mutuel. [...] (ex. : Tous les hommes sont mortels [majeure], or je suis un homme [mineure], donc je suis mortel [conclusion]). (*Le Petit Robert*, 1989.)

taire et lui indiquer son rang exact dans la mesure où il est utilisé en opposition avec le « madame » employé jusqu'alors. À Boule de Suif de découvrir ce que cela veut dire, puisqu'on pourra toujours justifier le terme par le fait qu'elle n'est pas mariée.

Ainsi plusieurs parties du discours laissent la responsabilité de leur interprétation à l'héroïne ; les formulations indirectes, les décalages entre allocutaires réels ou supposés ne servent qu'à masquer les intentions stratégiques des argumentateurs, à conduire Boule de Suif là où elle avait déclaré qu'elle n'irait pas. Il y a donc bien manipulation. Nous pouvons signaler, en revanche, que l'emploi de l'implicite, malgré son intérêt évident ici, représente un risque pour les argumentateurs, puisque l'efficacité du discours est subordonnée à l'interprétation de Boule de Suif. Si la manœuvre réussit, l'avantage est néanmoins grand, puisque Boule de Suif devient seule responsable de l'interprétation qu'elle a elle-même choisie.

Du point de vue des argumentateurs, l'emploi de l'implicite présente un autre intérêt. Il est difficile de réfuter leur point de vue, puisqu'il n'est jamais explicité. Voilà une des raisons possibles de l'absence de contre-argumentation. Il est inutile et d'ailleurs difficile d'argumenter contre Cléopâtre et la vie des saints, impossible d'expliciter le débat sans choquer et se faire ridiculiser.

Mais si nous examinons de plus près la question de l'implicite, nous constatons que certaines phrases s'adressent en fait au lecteur et soulèvent un autre problème : celui des rapports entre le narrateur et le lecteur (voir chapitre VI).

L'analyse de cet extrait permet de bien observer une argumentation, moins pour l'intérêt de ses arguments, bien sûr, que pour l'étude de la stratégie argumentative, de l'adaptation du discours aux personnes à qui on s'adresse. La qualité des arguments, en effet, est médiocre, et ce sont les fins communicatives qui l'emportent : la vérité de ce que l'on dit importe moins que l'effet produit sur l'interlocuteur dont il s'agit essentiellement de changer les représentations. Les exemples empruntés à l'histoire romaine ou à la vie des saints sont tout à fait discutables; peu importe, il suffit qu'ils incitent Boule de Suif à s'interroger. Pour que l'argumentation porte, il faut prendre garde à ce qu'admet la jeune femme, aux valeurs qu'elle acceptera ou n'acceptera pas de mettre en cause.

Il ne faut cependant pas oublier que cette argumentation est mise en scène. Si elle fonctionne selon des principes reproductibles dans une argumentation réelle, tous les jeux entre les personnages et la conclusion du récit sont une fiction organisée par le narrateur.

Prolongements

1. Étudiez les passages suivants où Boule de Suif répond à une argumentation qu'on lui propose. Comment se comporte-t-elle ? Quelles sont les opinions qu'elle défend ? Sur quel ton ?
– p. 33, de « finit par un morceau d'éloquence » à « polissons comme vous » ;
– p. 41, de « Cornudet insistait » à « à pas de loup ».

2. Production de texte
Écrivez un texte assez court et pouvant entrer dans le récit de Maupassant, relatant, au choix :
– un monologue intérieur de Boule de Suif après le discours des bourgeois et de la sœur ;
– une contre-argumentation de Boule de Suif après l'intervention de la sœur.
Quelles sont les difficultés rencontrées ? Pourquoi à votre avis ?

VIII. LE RÔLE DU NARRATEUR

Une des premières questions que nous devons nous poser, lorsque nous nous interrogeons sur la place et le rôle du narrateur, est : Qui raconte ? Est-ce la personne qui a vécu l'histoire ?...

Dans *Boule de Suif*, le texte est écrit à la troisième personne et semble être raconté par un témoin anonyme qui ne participe pas aux événements.

Nous avons, semble-t-il au premier abord, une vision objective de la réalité.

À plusieurs reprises cependant, nous pouvons repérer des indices signalant l'expression d'un point de vue.

Ainsi, par exemple :

– dans la vision de l'invasion allemande : « Car la même sensation reparaît chaque fois que l'ordre établi des choses est renversé » (p. 17) ;

– dans les portraits des personnages, où le narrateur émet un jugement : « Fort bon garçon, du reste, inoffensif et serviable » (p. 25).

Nous pourrions reprendre ici de nombreux exemples tendant à prouver que le narrateur n'est pas si objectif que cela, qu'il en sait et en dit beaucoup plus qu'un simple observateur.

La place du narrateur

Repères

POINTS DE VUE OU FOCALISATIONS [1]

1. On distingue traditionnellement trois points de vue ou trois types de focalisations :

– la *focalisation interne* : les objets sont comme vus par le regard d'un personnage ; ils sont décrits tels que son regard pourrait les percevoir ;

– la *focalisation externe* : les objets sont comme vus par le regard d'un témoin ; ils sont décrits tels que pourrait les voir un spectateur. À la différence de la focalisation interne, ce regard demeure en quelque sorte anonyme ;

– la *focalisation zéro* : les objets sont vus par un narrateur qui les décrit tels qu'aucun témoin oculaire ne pourrait les voir, puisqu'il ne s'impose aucune restriction : le narrateur voit tout et sait tout.

2. Mais il faut faire de ces outils un bon usage. Coller sur un texte l'étiquette *focalisation interne* ou *focalisation zéro* n'a aucun intérêt si cela ne débouche pas sur un surplus de signification et de plaisir ; le risque est même grand de n'aboutir qu'à une réduction caricaturale.

Pour utiliser ces outils, il ne faut pas oublier :

– qu'une description est un fait d'écriture ; quand on dit : le regard du personnage, le regard d'un témoin, le regard du narrateur, ce sont là des *expressions métaphoriques* qui désignent en fait des effets produits par le texte ;

– que ces effets de textes se combinent dans un même texte : il est rare que tout un roman soit écrit en n'utilisant qu'un seul mode de focalisation ;

– que ces effets de texte produisent des effets de lecture ; la question importante est donc de savoir ce que le texte donne à voir au lecteur et l'impression qu'il veut produire sur lui ;

– que la question *qui voit* ?, qui est à l'origine de la problématique de la focalisation ?, se combine avec deux autres questions : *qui parle* ? et *qui sait* ?

3. Pour identifier *qui parle* ? il faut repérer dans le texte les indices de l'énonciation et l'origine de cette énonciation : le personnage ou le narrateur ; il faut repérer aussi les divers savoirs formulés sur les objets : la question *qui sait* ? permet alors d'identifier si les savoirs sur les objets décrits peuvent être attribués au personnage qui voit les objets ou s'ils constituent une forme particulière d'intervention du narrateur.

• Le narrateur omniscient

Un narrateur omniscient est celui qui sait tout et qui voit tout. Il est impossible dans *Boule de Suif* de dire d'où est vue la réalité, d'où sont connues les informations, d'ailleurs présentées de divers points de vue. Nous pouvons fréquemment parler de *focalisation zéro.*

Le narrateur connaît de nombreux éléments en dehors de ce qu'il peut observer. Ainsi, il est au courant du passé des personnages : « La grosse fille avait un enfant élevé

1. A. Boissinot et M. Mougenot, *Techniques du français 2, Langages littéraires,* éd. Bertrand-Lacoste.

chez des paysans d'Yvetot » (p. 51). Si, certaines fois, il prétend s'appuyer sur une rumeur pour prédire l'avenir (« les Prussiens allaient entrer dans Rouen, disait-on », p. 16), d'autres fois, certains passages laissent entendre ce qui se passera (« les Français ne sortaient guère encore », p. 19). Le narrateur en sait donc plus que les personnages et paraît au courant de tout.

Cette omniscience lui permet, alors qu'il est extérieur, de rendre compte à certains moments de l'infériorité des personnages : « Elle se tut, craignant un outrage » (p. 31) ; « les trois femmes mariées ressentaient une grande humiliation » (p. 50) ; « Mme Loiseau eut une angoisse » (p. 58) ; « alors, elle songea à son grand panier » (p. 63). Nous pouvons parler à ces occasions de brefs passages de focalisation interne.

Nous pouvons nous interroger ici sur le poids du point de vue d'un narrateur qui ressemble à un démiurge capable de tout voir, de tout connaître et de pénétrer les consciences : ce poids pèse certainement lourd dans la balance des opinions possibles sur les événements et les personnages.

• L'appropriation de la parole des personnages

À maintes reprises, la parole des personnages est rapportée de manière directe, souvent sous forme de dialogues, de conversations, de remarques où domine le style direct. Mais dans d'autres passages, les paroles, les faits de langage n'existent que sous forme rapportée. Maupassant utilise plusieurs techniques.

Le discourts indirect

« [...] le comte s'interposa [...] en proclamant avec autorité que toutes les opinions sincères étaient respectables » (p. 34) ; « il déclara fièrement qu'il entendait n'avoir jamais aucun rapport avec les Allemands » (p. 45). Remarquons que la présence de verbes d'opinion ou d'adverbes pour introduire le discours permet à l'auteur d'évaluer le ton ou le style de celui-ci.

Le discours indirect libre apparaît également : « on les avaient demandées » ; « c'était sa spécialité » (p. 56). Nous sentons ici la présence du narrateur, tout en conservant les traces de l'énonciateur du discours.

Repères

LE DISCOURS RAPPORTÉ

Cette expression désigne les différentes manières de rapporter un discours extérieur dans un autre discours. On distingue :

– le *discours direct* : les propos sont rapportés de manière indépendante, comme la parole directe du locuteur. À l'écrit, on utilise les guillemets, on introduit le discourt par un verbe.

Exemple : Il dit« À la bonne heure, madame a eu plus de précaution que nous [...] » (*Boule de Suif*, p. 30) ;

– le *discours indirect* n'a pas d'autonomie et est subordonné à l'énonciation du verbe qui l'introduit (même personne et concordance des temps). Il est intégré à la phrase et ne reproduit pas toujours fidèlement le discours ;

Exemple : « Le Prussien fit répondre qu'il admettrait ces deux hommes à lui parler quand il aurait déjeuné » (p. 45) ;

– le *discours indirect libre* maintient la présence de celui qui énonce le discours cité, mais celui-ci reste introduit de l'extérieur.

Exemple : « La femme aux chapelets pendants parla des maisons de son ordre [...]. On les avait demandées au Havre » (p. 56).

La narrativisation du discours

Un autre procédé est fréquemment utilisé : il s'agit de rapporter les discours, non pas tels quels, mais en les racontant, en résumant ou en développant certains passages. Le narrateur ne prétend pas rapporter mot pour mot les paroles prononcées mais les refond dans son propre récit. On parle alors de discours narrativisé : « Elle raconta toutes ses impressions à l'arrivée des Prussiens » (p. 39) ; « Alors Boule de Suif fut entourée, interrogée, sollicitée par tout le monde de dévoiler le mystère de sa visite » (p. 47) ; « ce fut d'abord une conversation vague sur le dévouement » (p. 53). Nous pouvons observer dans ce passage que le narrateur choisit ce qu'il va retenir du discours des protagonistes et le formule à sa façon.

Ainsi, bien souvent, la parole n'appartient plus aux personnages mais au narrateur. Comme nous allons le voir, même quand la parole des protagonistes est diversement transcrite, celui-ci se pose parfois en juge de cette parole.

• Le narrateur, juge ironique

Le narrateur adopte de temps à autre une attitude de juge face aux événements, aux discours. Il nous donne son opinion par divers procédés, commentaires ou analyses : « L'après-midi fut lamentable » (p. 46) ; « Mme Carré-Lamadon, qui avait connu beaucoup d'officiers et qui les jugeait en connaisseur » (p. 50). Maupassant utilise alors fréquemment l'ironie pour que le lecteur saisisse le ridicule de ses personnages.

Les formes d'intervention du narrateur se retrouvent tout au long du récit, et il serait fastidieux de toutes les relever. Arrêtons-nous sur un passage parfaitement exemplaire de ce point de vue.

Les interventions du narrateur

Reprenons ici l'extrait de texte cité dans le chapitre V (p. 59 et suiv.) et analysons la manière dont le narrateur intervient dans un discours qui, a priori, appartient aux personnages. L'une des caractéristiques de cet extrait est que la stratégie argumentative est racontée ; dans le chapitre V, nous avons vu que narration et argumentation étaient étroitement mêlées. Il est donc logique que le narrateur apparaisse de temps à autre. Mais il pourrait adopter un point de vue de neutralité ; or ce n'est pas le cas ici ; le narrateur prend parti, analyse des situations ; nous pouvons même nous demander s'il n'y a pas un deuxième niveau de l'argumentation, celui du narrateur au lecteur. Avant de répondre à cette question, étudions toutefois quelques-uns des modes d'intervention du narrateur.

Le narrateur intervient à plusieurs reprises de manière directe, sous forme de commentaires et analyses. C'est sans doute ce que le lecteur perçoit avec le plus de facilité. Il y a cependant deux autres modes d'intervention, moins directs, qui sont tout aussi efficaces : la narrativisation du discours des argumentateurs et l'emploi de l'ironie.

• Les commentaires et analyses

Maupassant se plaît à placer régulièrement dans le texte des remarques indiquant son opinion sur la qualité du discours.

Les caractérisations évaluatives du discours

– « [...] une histoire fantaisiste, éclose dans l'imagination de ces millionnaires ignorants » (l. 7-8) : les termes « fantaisistes » et « ignorants » disqualifient l'histoire racontée et détruisent ainsi l'effet de l'argumentation sur le lecteur. Maupassant utilise le ridicule pour empêcher le fonctionnement de l'argumentation des bourgeois envers le lecteur.

– « [...] tout cela était raconté d'une façon convenable et modérée » (l. 21-22) ; « enveloppé, habile, discret » (l. 78) : l'auteur évalue ici le mode d'énonciation qui met en évidence la volonté de « masquer » le fond du raisonnement ; la phrase « c'était un argument puissant » (l. 52) caractérise le discours comme discours argumentatif.

La caractérisation évaluative d'un personnage

« [...] elle se montra hardie, verbeuse, violente. Celle-là n'était pas troublée par les tâtonnements de la casuistique » (l. 58-59) : il y a ici une caractérisation dévalorisante de la religieuse à travers la critique de son discours que Maupassant qualifie de malhonnête. Il insiste aussi sur le contraste entre le personnage réel et celui que devrait être une « sainte fille ». Le mépris perce à travers l'emploi du pronom « celle-là ».

Les interprétations du discours

L'auteur nous indique comment on peut interpréter tel ou tel passage du discours.

– « On aurait pu croire, à la fin, que le seul rôle [...] »(l. 24) ; « comme si l'on avait voulu la faire descendre » (l. 33-34). Il s'agit dans les deux cas d'une interprétation du sens de l'énoncé.

– « [...] une paraphrase édifiante de cet axiome de morale : "la fin justifie les moyens" » (l. 67-68). Il y a discordance entre la formulation de l'auteur et celles des argumentateurs. Par la formule lapidaire qu'il emploie, l'insistance sur l'existence de la paraphrase, Maupassant veut remettre les choses à leur place et présenter le fond du raisonnement (casuistique). Il dévalorise ainsi l'effort soutenu par la comtesse et la religieuse dans la présentation de l'argument.

– Une autre phrase : « [...] la vieille religieuse apporta à la conspiration un formidable appui » (l. 57) met les choses au point quant au rôle de la sœur. L'auteur se place au niveau des interactions entre personnages et explicite le changement dans les rapports de forces.

Ainsi, par le biais des commentaires et appréciations, l'auteur intervient directement pour expliquer ce qu'il pense de la situation et des personnages. D'autres procédés sont moins explicites.

• La narrativisation et le style indirect

Le fait que le discours soit en grande partie rapporté permet de percevoir la présence du narrateur. La conversation n'est donnée sous forme de dialogue qu'une seule fois (un seul échange entre la sœur et Mme de Bréville, l. 70-74). Elle est presque toujours énoncée sous forme de discours indirect ou narrativisé ; parfois, on n'a aucune précision sur les termes employés, ni sur le contenu du discours : « une conversation vague » (l. 2), « on parla même en termes voilés » (l. 16), « les grands faits de la vie des saints » (l. 47-48), « elles continuaient ainsi, démêlant les volontés de Dieu » (l. 75-76). L'ambiguïté règne. Qui choisit les termes employés ? Les personnages ? Le narrateur ? Certains propos peuvent être prêtés aux personnages (exemples : « fait de leur corps un champ de bataille (l. 12) ». D'autres formulations sont en revanche contradictoires avec les positions adoptées : « Elle trouvait tout simple le sacrifice d'Abraham, car elle aurait immédiatement tué père et mère sur un ordre venu d'en haut » (l. 62-63). Certes, le contenu est envisageable dans l'argumentation de la sœur, mais pas la formulation, trop exagérée (« tout simple (l. 62) », « immédiatement (l. 63) »). De même l'expression « le faisant s'intéresser à des choses qui, vraiment, ne le regardaient guère » (l. 76-77) ne peut être accordée qu'à l'auteur. Là encore, la narrativisation du discours, dont on ne connaît pas le contenu réel, permet à Maupassant d'intervenir pour le dévaloriser.

Ces procédés forment écran entre le discours des argumentateurs et le lecteur, écran critique et défavorable aux discours tenus. Le passage de style direct (l. 70-74) crée un effet de rupture dans le texte, mais ne change pas beaucoup la nature des choses : inséré dans le récit, il donne davantage de force aux arguments, tout en insistant sur leur répétition par différents personnages.

• L'ironie

Repères

L'IRONIE

L'ironie peut désigner une attitude d'esprit dont l'intention est souvent polémique ou moqueuse et reste implicite. Quelques-unes de ses formes d'expression consistent à :

– dire le contraire de ce qu'on veut laisser entendre : c'est l'*antiphrase*. Il existe de nombreux exemples de cette forme d'ironie chez Voltaire ; ainsi, dans *Candide*, il est question à plusieurs reprises de « très bonne compagnie » quand il s'agit de gens odieux et corrompus. Voltaire utilise une expression valorisante pour décrire une réalité qu'il s'agit de dévaloriser ; il évoque ce qu'il y a de négatif en le présentant sous un jour favorable ;

– jouer sur les mots, par exemple en remplaçant la désignation littérale par des termes atténués : c'est l'*euphémisme*. Durant ses mésaventures, Candide est jeté dans des « appartements d'une extrême fraîcheur » : le lecteur en déduit qu'il s'agit d'une prison glaciale ;

– rechercher les décalages par la distance ou la contradiction entre les termes utilisés et le contexte ou la situation. C'est cette forme de raillerie qu'utilise Maupassant ; l'expression « femme aux chapelets pendants » crée une dissonnance entre le contexte religieux des « chapelets » et la comparaison avec les saucisses que suggère l'adjectif « pendants ». Dans ce cas, l'ironie permet à l'auteur de suggérer l'opinion défavorable qu'il a d'un personnage, sans l'exprimer explicitement. C'est au lecteur de rechercher la moquerie derrière la signification apparente.

L'ironie fait sourire et laisse au lecteur le soin de conclure ; elle instaure une distance qui invite au regard critique.

Le principe de l'ironie est ici d'instaurer une distanciation du lecteur par rapport au texte, ce qui l'empêche d'adhérer totalement au discours. L'ironie, souvent utilisée dans la dernière partie du texte, est parfois cinglante. Elle apparaît sous diverses formes.

Le dévoiement de certains termes

La périphrase « la femme aux chapelets pendants » (l. 81) dévie le sens religieux du mot « chapelet » par la présence de l'adjectif « pendant » qui rappelle un autre passage du texte.

Ce passage fait référence à Boule de Suif dont les doigts sont «« pareils à des chapelets de courtes saucisses » (p. 26). Le lecteur fait ainsi forcément le rapprochement. Le terme de « femme », rarement employé pour une religieuse, est assez méprisant ici et précise que sa condition de religieuse ne la transforme pas en sainte, loin de là. L'ironie contribue donc à ravaler la sœur au même rang que Boule de Suif.

Les décalages et les discordances

Les phénomènes de décalage et de discordance n'apparaissent qu'une fois dans la première partie, à propos de « l'Anglaise de bonne famille ». L'ironie qui perce dans cet épisode est due à un décalage entre la nature scabreuse du propos et la notoriété des personnages concernés. Mais c'est surtout dans la seconde partie, à nouveau dans le portrait de la sœur, que l'on retrouve ces marques ironiques : « une de ces religieuses à tambours et à trompettes » (l. 93-94), « une vraie bonne sœur Ran-tan-plan » (l. 97) ; on passe du vocabulaire religieux à celui de la guerre, effet renforcé par le retournement de l'expression négative « sans tambours ni trompettes », utilisée ici en « positif » pour rappeler le caractère « hardi, verbeux, violent » de la sœur. L'expression « bonne sœur Ran-tan-plan » crée le même effet de discordance ; elle a l'intérêt d'affubler la religieuse d'un *surnom* ; Boule de Suif n'est plus la seule à en posséder un.

La mise en parallèle du champ de bataille et du visage de la sœur, « figure ravagée, crevée de trous sans nombre, paraissait une image des dévastations de la guerre » (l. 98-99) met en évidence le lien entre la religieuse et la guerre ; ce lien lui ôte une partie de son caractère religieux. L'exagération de termes comme « trous sans nombre », « dévastations », crée une impression de ridicule et, en même temps, transforme cette religieuse en personnage inquiétant.

Ainsi l'ironie de Maupassant vise à ridiculiser les personnages qui cherchent à convaincre Boule de suif. Ce procédé permet de dévaloriser totalement leur discours, d'empêcher une adhésion possible du lecteur à leur thèse. L'ironie devient une méthode d'argumentation indirecte qui instaure une connivence entre le narrateur et le lecteur.

❑ Narrateur et lecteur

Il est rare que dans un texte on ne sente aucunement la présence du narrateur ; mais dans cette œuvre, celui-ci intervient nettement pour orienter l'opinion du lecteur en faveur de Boule de Suif. Les effets mentionnés dans le paragraphe précédent prouvent que l'auteur cherche à établir une complicité, une connivence avec le lecteur.

Maupassant écrit, dans la préface de *Pierre et Jean* :

> Le lecteur, qui cherche uniquement dans un livre à satisfaire la tendance naturelle de son esprit, demande à l'écrivain de répondre à son goût prédominant, et il qualifie invariablement de remarquable ou de bien écrit l'ouvrage ou le passage qui plaît à son imagination idéaliste, gaie, grivoise, triste, rêveuse ou positive.
>
> En somme, le public est composé de groupes nombreux qui nous crient :
>
> – Consolez-moi.
> – Amusez-moi.
> – Attristez-moi.
> – Attendrissez-moi.
> – Faites-moi rêver.
> – Faites-moi rire.
> – Faites-moi frémir.
> – Faites-moi pleurer.
> – Faites-moi penser.
>
> Seuls, quelques esprits d'élite demandent à l'artiste :
>
> « Faites-moi quelque chose de beau, dans la forme qui vous conviendra le mieux, suivant votre tempérament. »
>
> L'artiste essaie, réussit ou échoue.

Cette préface de 1887 est postérieure à *Boule de Suif*, mais la mise en scène d'un dialogue entre le lecteur et l'écrivain semble prouver que, pour Maupassant, il existe une communication réelle entre lui et son lecteur ; cette communication peut apparaître dans des avertissements au lecteur, des préfaces, mais dans le texte littéraire, dans le récit, c'est le narrateur qui est porteur du « tempérament » de l'auteur, qui oriente l'opinion du lecteur.

Dans un premier temps, nous pouvons noter que le narrateur fait appel à des liens préexistants entre lui et le lecteur. Nous pouvons en analyser quelques marques énonciatives dans le texte. Cette communication est signalée par des termes qui font appel à une expérience commune du narrateur et du lecteur.

La fonction de contact de certains termes

– Le « on » à valeur indéterminée des expressions : « on aurait pu croire à la fin », « on la croyait timide », (p. 56) ne représente plus le groupe des argumentateurs mais inclut le narrateur, le lecteur et les protagonistes dans un même regard.

– Les démonstratifs « ces » : « un de ces petits pains qu'on appelle " Régence " » (p. 29), « cet », « cet axiome de morale » (p. 55), ont ici la même fonction de contact, puisqu'il font appel à une référence culturelle du narrateur et du lecteur. Par ailleurs, l'argument « la fin justifie les moyens (l. 68) » est une formulation inventée par le narrateur pour le lecteur ; il est même indiqué qu'elle ne figure pas dans la conversation.

Il semble que le narrateur veuille établir une connivence entre le lecteur et lui. Cette volonté est encore plus manifeste dans l'emploi de l'ironie qui vise à nous faire sourire avec lui et aux dépens de certains personnages.

Par le biais des interventions du narrateur, nous constatons que le lecteur possède davantage d'informations que les protagonistes. Le narrateur exerce ainsi une influence sur le lecteur et l'invite à se faire une idée personnelle de l' « affaire » Boule de Suif.

❑ L'intention argumentative du narrateur

En fait, les renseignements donnés par le narrateur au lecteur sont destinés à défendre un point de vue. Nous pouvons en effet nous interroger sur l'insistance dans le signalement de certains phénomènes. Si l'implicite et la duplicité des personnages sont si nettement accentués, le lecteur n'en déduit-il pas qu'ils sont hypocrites et lâches vis-à-vis de Boule de Suif ? Une attitude qu'il ne peut que condamner. Si la collusion entre les nobles, les bourgeois et les religieuses est mise en évidence, n'est-ce pas pour nous faire remarquer que l'Église se tient aux côtés des « nantis » ?

Nous nous apercevons ainsi que le narrateur argumente lui aussi dans le texte par le biais du jugement porté sur les personnages. Maupassant cherche à convaincre le lecteur de la noirceur morale des gens « bien considérés » socialement et de l'Église ; il décrit ici leur capacité à écraser les exclus et à les sacrifier à leurs propres intérêts. Il dénonce également leur hypocrisie. Il signale enfin l'incapacité de ces exclus à réagir contre l'ordre établi. Nous retrouvons ici l'univers aux valeurs effondrées que Maupassant décrit dans plusieurs ouvrages. Le mot « ténèbres » qui termine la nouvelle confirme d'ailleurs la vision pessimiste du monde que le narrateur cherche à nous donner, vision qui s'étend à la morale, à la politique et à la religion.

Prolongements

1. ***En prenant comme grille celle qui est utilisée dans l'analyse du passage cité plus haut (p. 59 et suiv.), étudiez les procédés d'intervention du narrateur dans l'extrait des pages 45-46, de « Les trois hommes montèrent » à « y prit part ».***
2. ***Dans cet extrait de* L'Enfant *de Jules Vallès, c'est le héros, Jacques, qui raconte l'histoire : réécrivez le texte en faisant de la mère la narratrice.***

   1er Janvier.

   Les collègues de mon père, quelques parents d'élèves, viennent faire visite, on m'apporte des bouts d'étrennes.

   « Remercie donc, Jacques ! Tu es là comme un imbécile. »

Quand la visite est finie, j'ai plaisir à prendre le jouet ou la friandise, la boîte à diable ou le sac à pralines ; – je bats du tambour et je sonne de la trompette, je joue d'une musique qu'on se met entre les dents et qui les fait grincer, c'est à en devenir fou !

Mais ma mère ne veut pas que je devienne fou ! elle me prend la trompette et le tambour. Je me rejette sur les bonbons et je les lèche. Mais ma mère ne veut pas que j'aie des manières de courtisan : « On commence par lécher le ventre des bonbons, on finit par lécher... ». Elle s'arrête, et se tourne vers mon père pour voir s'il pense comme elle, et s'il sait de quoi elle veut parler ;

– en effet, il se penche et montre qu'il comprend.

Je n'ai plus rien à faire siffler, tambouriner, grincer, et l'on m'a permis seulement de traîner un petit bout de langue sur les bonbons fins : et l'on m'a dit de la faire pointue encore ! Il y avait Eugénie et Louise Rayau qui étaient là, et qui riaient en rougissant un peu. Pourquoi donc ?

Plus de gros vernis bleu qui colle aux doigts et les embaume, plus le goût du bois blanc des trompettes !...

On m'arrache tout et l'on enferme les étrennes sous clef.

« Rien qu'aujoud'hui, maman, laisse-moi jouer avec, j'irai dans la cour, tu ne m'entendras pas ! rien qu'aujourd'hui, jusqu'à ce soir, et demain je serai bien sage !

– J'espère que tu seras bien sage demain ; si tu n'es pas sage, je te fouetterai. Donnez donc de jolies choses à ce saligaud, pour qu'il les abîme. »

CONCLUSION

Ainsi la composition du récit, le cadre de l'histoire, les portraits, les méthodes d'argumentation des personnages, la narrativisation de leur discours servent à mettre en place l'univers du narrateur et sa propre argumentation. Certes la nouvelle ne donne pas de leçon au lecteur (comme dans certains contes moraux), mais le lecteur est suffisamment renseigné par le narrateur pour comprendre ce qu'il veut prouver. Remarquons cependant que le lecteur, comme dans toute œuvre littéraire, est surtout sensible à ce qui fait écho en lui et n'accepte que ce qu'il veut bien accepter.

On songera ici à cette opinion de Maupassant qui vient compléter sa définition du réalisme (Documents complémentaires, p. 116).

« Chacun de nous se fait donc simplement une illusion du monde, illusion poétique, sentimentale, joyeuse, mélancolique, sale ou lugubre suivant sa nature. Et l'écrivain n'a d'autre mission que de reproduire fidèlement cette illusion avec tous les procédés de l'art qu'il a appris et dont il peut disposer » (préface de *Pierre et Jean*).

Prolongements

1. En menant l'étude d'un texte littéraire, notamment dans le cadre de la lecture méthodique, il est important que vous, lecteur, proposiez vos propres hypothèses sur la signification du texte, votre interprétation personnelle. Dans les chapitres I et IV, ce parcours de lecture propose une interprétation de certaines marques textuelles qui conduit à formuler une hypothèse sur les rapports narrateur-lecteur. Or, d'autres points de vue, tout à fait opposés, ont été formulés à propos de l'œuvre de Maupassant.

Par exemple, celui-ci : « Maupassant s'est appliqué à reproduire fidèlement la réalité qui s'offrait à son observation [...] ; son œuvre est impersonnelle jusqu'à l'impassibilité et ne témoigne d'aucune vue philosophique, d'aucune théorie d'art, d'aucune préoccupation morale ou sociale ; certains de ses contes laissent une impression de pessimisme. » (Chevalier-Audiat – Aumenier, Les Nouveaux Textes français, *3e, Hachette, 1948).*

À la fin de cette lecture de Boule de Suif, *il vous appartient de proposer une hypothèse de lecture en la confirmant par vos observations.*

2. *En complément de la lecture de l'œuvre de Maupassant, on peut étudier l'adaptation cinématographique de Christian-Jacque (* Boule de Suif, *1945). Ce fim réunit deux nouvelles :* Boule de Suif *et* Mademoiselle Fifi *(personnages interprétés par Micheline Presle et Louis Salou) ; nous proposons quelques axes d'étude :*
   - *les transformations dans la structure du récit :*
     a) l'art de réunir deux nouvelles par les thèmes de la guerre, de la nourriture, de la prostitution;
     b) l'art de la composition et des transitions entre les deux nouvelles ;
     c) la résistance (le film date de 1945) et l'influence des conditions de production d'une œuvre sur son contenu ;
   - *les modifications dans la psychologie des personnages (notamment Boule de Suif et Cornudet) ;*
   - *le développement de la scène de l'argumentation et la présence d'une « réponse » de Boule de Suif dans le film.*

DOCUMENTS COMPLÉMENTAIRES

Réalisme et naturalisme

• Le réalisme selon Maupassant

Le romancier qui prétend nous donner une image exacte de la vie doit éviter avec soin tout enchaînement d'événements qui paraîtrait exceptionnel. Son but n'est point de nous raconter une histoire, de nous amuser ou de nous attendrir, mais de nous forcer à penser, à comprendre le sens profond et caché des événements. À force d'avoir vu et médité, il regarde l'univers, les choses, les faits et les hommes d'une certaine façon qui lui est propre et qui résulte de l'ensemble de ses observations réfléchies. C'est cette vision personnelle du monde qu'il cherche à nous communiquer en la reproduisant dans un livre. Pour nous émouvoir, comme il l'a été lui-même par le spectacle de la vie, il doit la reproduire devant nos yeux avec une scrupuleuse ressemblance. Il devra donc composer son œuvre d'une manière si adroite, si dissimulée, et d'apparence si simple, qu'il soit impossible d'en apercevoir et d'en indiquer le plan, de découvrir ses intentions.

Au lieu de machiner une aventure et de la dérouler de façon à la rendre intéressante jusqu'au dénouement, il prendra son ou ses personnages à certaine période de leur existence et les conduira, par des transitions naturelles, jusqu'à la période suivante. Il montrera de cette façon, tantôt comment les esprits se modifient sous l'influence des circonstances environnantes, tantôt comment se développent les sentiments et les passions, comment on s'aime, comment on se hait, comment on se combat dans tous les milieux sociaux, comment luttent les intérêts bourgeois, les intérêts d'argent, les intérêts de famille, les intérêts politiques [...].

Mais en se plaçant au point de vue même de ces artistes réalistes, on doit discuter et contester leur théorie qui semble pouvoir être résumée par ces mots : « Rien que la vérité et toute la vérité ».

Leur intention étant de dégager la philosophie de certains faits constants et courants, ils devront souvent corriger les événements au profit de la vraisemblance et au détriment de la vérité, car le vrai peut quelquefois n'être pas vraisemblable.

Le réaliste, s'il est un artiste, cherchera, non pas à nous montrer la photographie banale de la vie, mais à nous en donner la vision plus complète, plus saisissante, plus probante que la réalité même.

Raconter tout serait impossible, car il faudrait alors un volume au moins par journée, pour énumérer les multitudes d'incidents insignifiants qui emplissent notre existence.

Un choix s'impose donc, – ce qui est une première atteinte à la théorie de toute la vérité.

La vie, en outre, est composée des choses les plus différentes, les plus imprévues, les plus contraires, les plus disparates ; elle est brutale, sans suite, sans chaîne, pleine de catastrophes inexplicables, illogiques et contradictoires qui doivent être classées au chapitre faits divers.

Voilà pourquoi l'artiste, ayant choisi son thème, ne prendra dans cette vie encombrée de hasards et de futilités que les détails caractéristiques utiles à son sujet, et il rejettera tout le reste, tout l'à-côté. [...]

La vie encore laisse tout au même plan, précipite les faits ou les traîne indéfiniment. L'art, au contraire, consiste à user de précautions et de préparations, à ménager des transitions savantes et dissimulées, à mettre en pleine lumière, par la seule adresse de la composition, les événements essentiels et à donner à tous les autres le degré de relief qui leur convient, suivant leur importance, pour produire la sensation profonde de la vérité spéciale qu'on veut montrer.

Faire vrai consiste donc à donner l'illusion complète du vrai, suivant la logique ordinaire des faits, et non à les transcrire servilement dans le pêle-mêle de leur succession.

J'en conclus que les Réalistes de talent devraient s'appeler plutôt des Illusionnistes.

Guy de Maupassant
Extraits de la préface de *Pierre et Jean* (1887).

• Le naturalisme selon Zola

Eh bien ! en revenant au roman, nous voyons également que le romancier est fait d'un observateur et d'un expérimentateur. L'observateur chez lui donne les faits tels qu'il a observés, pose le point de départ, établit le terrain solide sur lequel vont marcher les personnages et se développer les phénomènes. Puis, l'expérimentateur paraît et institue l'expérience, je veux dire fait mouvoir les personnages dans une histoire particulière, pour y montrer que la succession des faits y sera telle que l'exige le déterminisme des phénomènes mis à l'étude. C'est presque toujours ici une expérience « pour voir », comme l'appelle Claude Bernard. Le romancier part à la recherche d'une vérité. Je prendrai comme exemple la figure du baron Hulot, dans *La Cousine Bette*, de Balzac. Le fait général observé par Balzac est le ravage que le tempérament amoureux d'un homme amène chez lui, dans sa famille et dans la société. Dès qu'il a eu choisi son sujet, il est parti des faits observés, puis il a institué son expérience en soumettant Hulot à une série d'épreuves, en le faisant passer par certains milieux, pour montrer le fonctionnement du mécanisme de sa passion. Il est donc évident qu'il n'y a pas seulement là observation, mais qu'il y a aussi expérimentation, puisque Balzac ne s'en tient pas strictement en photographe aux faits recueillis par lui, puisqu'il intervient d'une façon directe pour placer son personnage dans des conditions dont il reste le maître. Le problème est de savoir ce que telle passion, agissant dans tel milieu et dans telles circonstances, produira au point de vue de l'individu et de la société ; et un roman expérimental, *La Cousine Bette* par exemple, est simplement le procès-verbal de l'expérience, que le romancier répète sous les yeux du public. En somme, toute l'opération consiste à prendre les faits dans la nature, puis à étudier le mécanisme des faits, en agissant sur eux par les modifications des circonstances et des milieux, sans jamais s'écarter des lois de la nature.

Au bout, il y a la connaissance de l'homme, la connaissance scientifique, dans son action individuelle et sociale.

[...] J'ai dit que le roman naturaliste était simplement une enquête sur la nature, les êtres et les choses. Il ne met donc plus son intérêt dans l'ingéniosité d'une fable bien inventée et développée selon certaines règles. L'imagination n'a plus d'emploi, l'intrigue importe peu au romancier, qui ne s'inquiète ni de l'exposition, ni du nœud, ni du dénouement ; j'entends qu'il n'intervient pas pour retrancher ou ajouter à la réalité. [...] L'œuvre devient un procès-verbal, rien de plus ; elle n'a que le mérite de l'observation exacte, de la pénétration plus ou moins profonde de l'analyse, de l'enchaînement logique des faits. Même parfois ce n'est pas une existence entière, avec un commencement et une fin, que l'on relate ; c'est uniquement un lambeau d'existence, quelques années de la vie d'un homme ou d'une femme, une seule page d'histoire humaine qui a tenté le romancier, de même que l'étude spéciale d'un corps a pu tenter un chimiste. [...]

Je passe à un autre caractère du roman naturaliste. Il est impersonnel, je veux dire que le romancier n'est plus qu'un greffier, qui se défend de juger et de conclure. Le rôle strict d'un savant est d'exposer les faits, d'aller jusqu'au bout de l'analyse, sans se risquer dans la synthèse ; les faits sont ceux-ci, l'expérience tentée dans de telles conditions donne de tels résultats ; et il s'en tient là, parce que s'il voulait s'avancer au-delà des phénomènes, il entrerait dans l'hypothèse ; ce seraient des probabilités, ce ne serait pas de la science. Eh bien ! le romancier doit également s'en tenir aux faits observés, à l'étude scrupuleuse de la nature, s'il ne veut pas s'égarer dans des conclusions menteuses. Il disparaît donc, il garde pour lui son émotion, il expose simplement ce qu'il a vu. Voilà la réalité ; frissonnez ou riez devant elle, tirez-en une leçon quelconque, l'unique besogne de l'auteur a été de mettre sous vos yeux les documents vrais. [...]

Nous disons tout, nous ne faisons plus un choix, nous n'idéalisons pas ; et c'est pourquoi on nous accuse de nous plaire dans l'ordure. En somme, la question de la moralité dans le roman se réduit donc à ces deux opinions : les idéalistes prétendent qu'il est nécessaire de mentir pour être moral, les naturalistes affirment qu'on ne saurait être moral en dehors du vrai. Or, rien n'est dangereux comme le romanesque ; telle œuvre, en peignant le monde de couleurs fausses, détraque les imaginations, les jette dans les aventures ; et je ne parle point des hypocrisies du comme il faut, des abominations qu'on rend aimables sous un lit de fleurs. Avec nous, ces périls disparaissent. Nous enseignons l'amère science de la vie, nous donnons la hautaine leçons du réel.

Émile Zola, *Le Roman expérimental*, 1880.

❑ Les écrivains et la guerre de 1870

• Maupassant : la révolte de la raison

Un artiste habile en cette partie, un massacreur de génie, M. de Moltke, a répondu, voici deux ans, aux délégués de la paix, les étranges paroles que voici : « La guerre est sainte, d'institution divine ; c'est une des lois sacrées du monde ; elle entretient chez les hommes tous les grands, les nobles sentiments, l'honneur, le désintéressement, la vertu, le courage, et les empêche en un mot de tomber dans le plus hideux matérialisme ! ».

Ainsi, se réunir en troupeaux de quatre cent mille hommes, marcher jour et nuit sans repos, ne penser à rien, ne rien étudier, ne rien apprendre, ne rien lire, n'être utile à personne, pourrir de saleté, coucher dans la fange, vivre comme les brutes dans un hébètement continu, piller les villes, brûler les villages, ruiner les peuples, puis rencontrer une autre agglomération de viande humaine, se ruer dessus, faire des lacs de sang, des plaines de chair pilée mêlée à la terre boueuse et rougie, des monceaux de cadavres, avoir les bras ou les jambes emportées, la cervelle écrabouillée sans profit pour personne, et crever au coin d'un champ tandis que vos vieux parents, votre femme et vos enfants meurent de faim ; voilà ce qu'on appelle ne pas tomber dans le plus hideux matérialisme !

Les hommes de guerre sont les fléaux du monde. Nous luttons contre la nature, contre l'ignorance, contre les obstacles de toute sorte, pour rendre moins dure notre misérable vie. Des hommes, des bienfaiteurs, des savants usent leur existence à travailler, à chercher ce qui peut aider, ce qui peut secourir, ce qui peut soulager leurs frères. Ils vont, acharnés à leur besogne utile, entassant les découvertes, agrandissant l'esprit humain, élargissant la science, donnant chaque jour à l'intelligence une somme de savoir nouveau, donnant chaque jour à leur patrie du bien être, de l'aisance, de la force.

La guerre arrive. En six mois, les généraux ont détruit vingt ans d'efforts, de patience, de travail et de génie.

Voilà ce qu'on appelle ne pas tomber dans le plus hideux matérialisme.

Nous l'avons vue, la guerre. Nous avons vu les hommes redevenus des brutes, affolés, tuer par plaisir, par terreur, par bravade, par ostentation. Alors que le droit n'existe plus, que la loi est morte, que toute notion du juste disparaît, nous avons vu fusiller des innocents trouvés sur une route et devenus suspects parce qu'ils avaient peur. Nous avons vu tuer des chiens enchaînés devant la porte de leurs maîtres pour essayer des revolvers neufs, nous avons vu mitrailler par plaisir des vaches couchées dans un champ, sans aucune raison, pour tirer des coups de fusils, histoire de rire.

Voilà ce qu'on appelle ne pas tomber dans le plus hideux matérialisme.

Entrer dans un pays, égorger l'homme qui défend sa maison parce qu'il est vêtu d'une blouse et n'a pas de képi sur la tête, brûler les habitations de misérables gens qui n'ont plus de pain, casser des meubles, en voler d'autres, boire le vin trouvé dans les caves, violer les femmes trouvées dans les rues, brûler des millions de francs de poudre, et laisser derrière soi la misère et le choléra.

Voilà ce qu'on appelle ne pas tomber dans le plus hideux matérialisme.

Qu'ont-ils donc fait pour prouver même un peu d'intelligence, les hommes de guerre ? Rien.

Qu'ont-ils inventé ? Des canons et des fusils. Voilà tout.

L'inventeur de la brouette, Pascal, n'a-t-il pas plus fait pour l'homme par cette simple et pratique idée d'ajuster une roue à deux bâtons que l'inventeur des fortifications modernes, Vauban ?

Est-ce l'invasion des Perses qui l'a empêchée de tomber dans le plus hideux matérialisme ? Sont-ce les invasions des barbares qui ont sauvé Rome et l'ont régénérée ?

Est-ce que Napoléon 1er a continué le grand mouvement intellectuel commencé à la fin du dernier siècle par les philosophes révolutionnaires ?

Guy de Maupassant, *Gil Blas* (1883).

• Vallès : la grande désillusion

15 juillet.

Gare au bouillon rouge !

Ils en ont besoin, ils *la* veulent ! La misère les déborde, le socialisme les envahit.

Sur les bords de la Sprée aussi bien que sur les rives de la Seine, le peuple souffre. Mais, cette fois, sa souffrance a des avocats en blouse, et il n'est que temps de faire une saignée, pour que la sève de la force nouvelle s'échappe par l'entaille, pour que l'exubérance des foules se perde au bruit du canon, comme le fluide qui tue va mourir dans la terre au bruit de la foudre.

On sera vainqueur ou vaincu, mais le courant populaire aura été déchiqueté par les baïonnettes en ligne, brisé par le zigzag des succès et des défaites !

Ainsi pensent les pasteurs de la bourgeoisie française ou allemande, qui voient de haut et de loin.

D'ailleurs, les pantalons garance et les culottes courtes de Compiègne ne doutent pas de la marche triomphale des régiments français à travers l'Allemagne conquise.

À Berlin ! À Berlin !

J'ai failli être assassiné, au coin d'une rue, par une poignée de belliqueux devant lesquels j'avais hurlé mon horreur de la guerre. Ils m'appelaient Prussien et m'auraient probablement écharpé si je ne leur avais jeté mon nom.

Alors ils m'ont lâché... en grognant.

– Ça n'en est pas un, mais il n'en vaut guère mieux ! Ça ne croit pas à la Patrie, les frères et amis, et ils s'en fichent bien que les cabinets de l'Europe nous insultent !

Je crois que je m'en fiche, en effet.

Tous les soirs, ce sont des disputes qui finiraient par des duels, si ceux-là mêmes qui s'acharnent contre moi ne disaient pas qu'on doit garder sa peau pour l'ennemi.

Et les plus chauvins dans la querelle sont souvent des avancés, des barbes de 48, d'anciens combattants, qui me jettent à la tête l'épopée des quatorzes armées, de la garnison de Mayence, des volontaires de Sambre-et-Meuse et de la 32ème demi-brigade ! Ils me lapident avec les sabots du bataillon de la Moselle ; ils me fourrent dans l'œil le doigt de Carnot et le panache de Kléber !

Nous avons pris des bandes de toile, sur lesquelles on a écrit avec une cheville de bois trempée dans une écuellée d'encre : « Vive la paix ! » et nous avons promené cela à travers Paris.

Les passants se sont rués sur nous.

Il y avait des gens de police parmi les agresseurs, mais ils n'avaient pas eu à donner le signal. Il leur suffisait de suivre la fureur publique et de choisir alors, dans le tas, ceux qu'ils reconnaissaient pour les avoir vus dans les complots, aux réunions, le jour de la manifestation Baudin ou de l'enterrement de Victor Noir. Sitôt l'homme désigné, la canne plombée et le casse-tête s'en payaient ! Bauer a failli être assommé, un autre jeté au canal !

Il me prend parfois des repentirs lâches, des remords criminels.

Oui, il m'arrive au cœur des bouffées de regret – le regret de ma jeunesse sacrifiée, de ma vie livrée à la famine, de mon orgueil livré aux chiens, de mon avenir gâché pour une foule qui me semblait avoir une âme, et à qui je voulais faire, un jour, honneur de toute ma force douloureusement amassée.

Et voilà que c'est sur les talons des soldats qu'elle marche à présent, cette foule ! elle emboîte le pas aux régiments, elle acclame des colonels dont les épaulettes sont encore grasses du sang de Décembre – et elle crie « À mort ! » contre nous qui voulons boucher avec de la charpie le pavillon des clairons !

Oh ! c'est la plus grande désillusion de ma vie !

Jules Vallès, *L'Insurgé* (1886).

• Darien : la psychologie d'une défaite

Ils sont partis pour Paris le 12, en effet, les moblots. Mal chaussés, vêtus pour la plupart d'une méchante blouse de toile grise, armés de pitoyables fusils à tabatière, ils sont partis en chantant. Ils n'ont pas dû chanter longtemps, par exemple. Quand les têtes se sont un peu refroidies, quand les fumées de l'alcool et du vin se sont dissipées, ils ont pu causer, le long de la route, avec les malheureux soldats échappés de Sedan. Fantassins aux souliers éculés, aux pieds sanglants, cavaliers harassés montés sur des fantômes de chevaux, artilleurs sans pièces et sans caissons, ils fuient devant l'armée allemande; et ces longues files misérables, ces bandes lamentables, ces éclopés, ces exténués, ces découragés, ces fourbus, traversent la ville, tous les jours, en criant à la trahison. Ils ont tous le même éclair de haine dans les yeux, lorsqu'on leur parle de ceux qui les ont menés à la défaite, et le même geste de menace, aussi, à l'adresse de leurs chefs qu'ils accusent, tout haut, de les avoir vendus.

– Oui, vendus ! vendus comme des cochons ! s'écriait l'autre jour une petit voltigeur qui s'était assis au bord du trottoir, en face la gare, et qui entortillait, en pleine rue, ses pieds saignants avec des chiffons sales. Ah ! bon Dieu ! si nous avions du sang dans les veines, nous commencerions par descendre pas mal de Français avant de canarder les Prussiens !

Et, à ce pitoyable défilé des débris de notre armée, s'ajoute la débâcle des habitants des campagnes. Affolés par les récits terribles colportés de bouche en bouche, par les détails épouvantables donnés par les journaux, ils se sauvent devant l'invasion. Hommes, femmes, enfants, chassant devant eux leurs bestiaux, poussant aux roues de leurs voitures chargées de leurs tristes mobiliers, ils encombrent les routes de leurs longs convois terrifiés.

Ils se hâtent, car derrière eux on ouvre des tranchées profondes sur les chemins, on scie au pied les grands arbres qui tombent sur les chaussées, avec leurs branches.

Georges Darien, *Bas les Cœurs* ! (1889).

• Zola : la guerre dérisoire

Le 23 août, un mardi, à six heures du matin, le camp fut levé, les cent mille hommes de l'armée de Châlons s'ébranlèrent, coulèrent bientôt en un ruissellement immense, comme un fleuve d'hommes, un instant épandu en lac, qui reprend son cours ; et, malgré les rumeurs qui avaient couru la veille, ce fut une grande surprise pour beaucoup, de voir qu'au lieu de continuer le mouvement de retraite, on tournait le dos à Paris, allant là-bas, vers l'est, à l'inconnu.

À cinq heures du matin, le 7eme corps n'avait pas encore de cartouches. Depuis deux jours, les artilleurs s'épuisaient pour débarquer avec les chevaux et le matériel, dans la gare encombrée des approvisionnements qui refluaient de Metz. Et ce fut au dernier moment que des wagons chargés de cartouches furent découverts parmi l'inextricable pêle-mêle des trains, et qu'une compagnie de corvée, dont Jean faisait partie, put en rapporter deux cent quarante mille, sur des voitures réquisitionnées à la hâte. Jean distribua les cent cartouches réglementaires à chacun des hommes de son escouade, au moment même où Gaude, le clairon de la compagnie, sonnait le départ.

Le 106ème ne devait pas traverser Reims, l'ordre de marche était de tourner la ville, pour rejoindre la grande route de Châlons. Mais cette fois encore, on avait négligé d'échelonner les heures, de sorte que les quatre corps d'armée étant partis ensemble, il se produisit une extrême confusion, à l'entrée des premiers tronçons de routes communes. L'artillerie, la cavalerie, à chaque instant, coupaient et arrêtaient les lignes de fantassins. Des brigates entières durent attendre pendant une heure, l'arme au pied. Et le pis, ce fut qu'un épouvantable orage éclata, dix minutes à peine après le départ, une pluie diluvienne qui trempa les hommes jusqu'aux os, alourdissant sur leurs épaules le sac et la capote. Le 106ème, pourtant, avait pu se remettre en marche, comme la pluie cessait ; tandis que, dans un champ voisin, des zouaves forcés d'attendre encore, avaient trouvé, pour prendre patience, le petit jeu de se battre à coups de boules de terre, des paquets de boue dont l'éclaboussement, sur les uniformes, soulevaient des tempêtes de rire.

Presque aussitôt, le soleil reparut, un soleil triomphal, dans la chaude matinée d'août. Et la gaieté revint, les hommes fumaient comme une lessive étendue au grand air : très vite, ils furent secs, pareils à des chiens crottés, retirés d'une mare, plaisantant des sonnettes de fange durcie qu'ils emportaient à leurs pantalons rouges. À chaque carrefour, il fallait s'arrêter encore. Tout au bout d'un faubourg de Reims, il y eut une dernière halte, devant un débit de boissons qui ne désemplissait pas.

Émile Zola, *La Débâcle* (1892).

DANS LA MÊME COLLECTION

Mateo Falcone de Prosper Mérimée
Paul et Virginie de Bernardin de Saint-Pierre
Malicroix d' Henri Bosco
Le Grand Meaulnes d'Alain-Fournier
L'Étranger d'Albert Camus
George Dandin de Molière
Poèmes de Léopold Sédar Senghor
La Peau de chagrin d'Honoré de Balzac
Les Débuts de romans
Boule de suif de Guy de Maupassant
L'Ami retrouvé de Fred Uhlman
Fêtes galantes de Paul Verlaine
L'Éducation sentimentale de Gustave Flaubert
Capitale de la douleur de Paul Éluard
L'Ile des esclaves de Marivaux
Bérénice de Racine
Moderato cantabile de Marguerite Duras
Loin de Rueil de Raymond Queneau
Candide de Voltaire
Les Fleurs du mal de Charles Baudelaire
Un Balcon en forêt de Julien Gracq
Madame Bovary de Gustave Flaubert
Les Contes d'Amadou Koumba de Birago Diop

et de nombreux autres titres à paraître.

Imprimé par JOUVE. — 18, rue Saint-Denis, 75001 PARIS
N° 14608. Dépôt légal : Août 1991